藏一座城在书里，藏一段时光在心间。

『高颜值』的『城市客厅』，与
『高颜值』的『小蛮腰』，隔江相望，
又彼此映衬，成就了广州CBD核心区
最美的样子。

小蛮腰

在繁华闹市中拥有一座充满自然生机又与人如此亲近的山峦，白云山理所当然地成为广州市民休闲健身的好去处。『云山叠翠』还名列新世纪『羊城八景』之首。

云山叠翠

广州人就在「饮早茶」的时光里，以在茶楼闲聊的方式，拉开了每天世俗气息颇重的悠闲日子的序幕。

茶
早茶
饮早茶

『浓须大面好英雄』的木棉，不仅开启了宋代诗人杨万里所描绘的南国木棉闹春的热烈盛景『却是南中春色别，满城都是木棉花』，同时，也开启了千年古城广州『一年无日不看花』的『花样年华』。

木棉花

广州的年味，大体都是靠花市给撑起来的。「花城」嘛，要是没有了花市，没有了「大年夜，行花街」这个节目，过起年来真的就跟过「五一」「十一」的感觉差不多了。

花市
大年夜，行花街

小小的凉茶铺也许无足轻重，但是，历史的味道与质感，有时候也往往来源于一些无足轻重的小文化。

转角遇到凉茶铺

从容的还有西华路街边的大榕树。这些大榕树应该也有不少年头了，一棵挨着一棵，整条街满目葱茏。人走在绿树弄影的西华路，看着掩映在树影下的斑驳骑楼，不管寸寸光阴如何流逝，依然时髦，依然有着一副同样淡定从容的气度。

一街一巷漫光阴

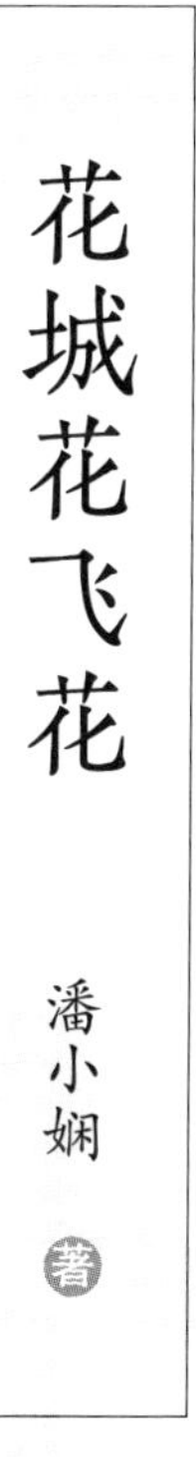

花城花飞花

潘小娴 著

中国旅游出版社

统　　筹：周华诚　王佳慧
责任编辑：张　璐　高　辰
责任印制：冯冬青
封面设计：中文天地
插　　图：施欣仪

图书在版编目（CIP）数据

广州　花城花飞花 / 潘小娴著 . — 北京 : 中国旅游出版社 , 2023.3
（一人一城）
ISBN 978-7-5032-7092-5

Ⅰ. ①广…　Ⅱ. ①潘…　Ⅲ. ①散文集 – 中国 – 当代
Ⅳ. ① I267

中国国家版本馆 CIP 数据核字（2023）第 028809 号

书　　名：广州　花城花飞花

作　　者：潘小娴　著
出版发行：中国旅游出版社
（北京静安东里 6 号　邮编：100028）
http://www.cttp.net.cn　E-mail:cttp@mct.gov.cn
营销中心电话：010-57377103，010-57377106
读者服务部电话：010-57377107
排　　版：北京中文天地文化艺术有限公司
印　　刷：北京金吉士印刷有限责任公司
版　　次：2023 年 3 月第 1 版　2023 年 3 月第 1 次印刷
开　　本：889 毫米 ×1194 毫米　1/32
印　　张：7.5
字　　数：142 千
定　　价：49.8 元
I S B N　978-7-5032-7092-5

与一人，踱一城
（出版说明）

一座城，伫立在历史长河边，披着时间的柔光，看岁月流转，世事变迁。它静默不语，却内涵万千。它的故事，远非走马观花、匆匆打卡可以领略，而是要点一炉香，温一壶酒，与它对坐，慢品细读。

“诗和远方”并不是“生活在别处”，所谓的“别处”，也是彼岸人家的日常烟火。一座城的故事里，历史波澜壮阔，山川沧海桑田，在彼时彼刻，都是一户户人家寻常日子的点点滴滴。

“爰养心识”，才能“策发神解”。当我们奔波在现代生活的高速轨道上，需要不断地回溯来处，以便汲取滋养心灵的能量，明晰未来的道路和生活的方向。“一人一城”系列即着眼于个体对城市的品读、体悟，每个城市邀请一位当地文化名人作为“向导”，深入城市风貌、历史风情、过往人物，以及街巷市井、在地美食、时下生活。作家用微温的笔触，带领读者深入城市的角落，行走之间，让一座城市的气质、气息、气韵自然浮现出来。我们相信在这样的个人视角中，一座城市在漫漫光阴里沉淀下的温暖，将会浸润和拥抱我们的此时此刻。

本系列的作者们，都在当地生活多年，对他们所在的城市有深刻的体验、观察，他们与那座城市耳鬓厮磨，读城，读人，读生活；文字里不减其厚重，又添如许亲切与灵动，字里行间，处处贴着地气，洋溢着生活的细节与微光。而这也是我们所特别珍视之处。相信这个系列，将带给读者不一样的阅读感受。

2021 年推出的三本书定位为“诗意栖居 × 人间烟火”，分别为鱼丽的《上海　海上风情录》、金泓的《苏州　吴门酒一杯》、吴卓平的《杭州　钱塘风物好》。

2022 年推出的三本书定位为“悠悠古意 × 市井人家”，分别为华静的《北京　闲笔识京华》、周水欣的《南京　金陵深深处》、谢伟的《成都　锦城诗酒花》。

2023 年定位为“南国风光 × 四时滋味”的岭南专辑，迎来了第一本《广州　花城花飞花》，潘小娴把云山珠水、五羊雕塑、骑楼、粤剧、早茶、花街等岭南元素与岭南风景，融合成这座城市的绵缈体温，见证时代的光鲜和岁月的印痕，看到活色生香的过往，感受广州生生不息的文化历史，以及市井平民的生活热情。从寻常中感受广州的温婉，从鲜活中感受花城的丰盈。

“与一人，踱一城”。我们可以在书里，跟随一位当地文化名人，去翻阅一座城市的前世今生，我们也希望你能和生活中很重要的亲人、朋友、伴侣，慢慢地踱过一座城的街头巷尾，去触摸时光在那里留下的斑驳痕迹。

在人人向往“诗和远方”的时代，我们希望旅行不是一场出走，而是一次通过文化细读实现的生活回归。这也是在文旅融合背景下，我们对“城市旅游”的一种期待。如果说“乡村旅游”要唤起的是人与自然的和谐，那么与之相对应的“城市旅游”，要追寻的则应该是生活与心灵的平衡。

“一人一城”丛书编辑部

2022 年 1 月

目 录

第一辑 >>

一城 风景

皆入画

YICHENG

FENGJING

JIERUHUA

广州，一座温婉的城市

北京像个糙哥，那风要刮起来，是“风刀霜剑”的“风”；上海妩媚温柔，连风都是阴性的，永远是“风花雪月”的“风”；而广州呢，平民满街走，拖板鞋满街穿，早茶、晚茶、大排档火成了生活的主调。这么着，广州的风，便总是飘逸着老火靓汤的醇厚，让那些长了无法和国际接轨的胃的人格外动心。对友人慕容紫薇这一论调，我深以为然，广州的生活，随性温婉，让人日渐难舍。

我喜欢生活在广州这座温婉的城市。当然，这并不是第一眼就喜欢上的。说来，这还真有点像谈恋爱，那些外表光鲜棱角分明的形象，总是能在第一印象上就俘获人的目光，比如说，“风刀霜剑”的北京与“风花雪月”的上海，就很容易让人一见钟情地堕入“情网”。但广州呢，第一眼看，很普通，一见钟情的概率很小。只有当你生活在其中，真正地钻入广州的枝枝蔓蔓，你才能感觉到它的好。而这种好，是随意的，是温和的，这就像一份经过深交之后的爱恋，彼此已经再也分不开，因为对方的熨帖与舒适，着实让你眷恋不已。所有这些熨帖与舒适，更多地体现在广州日常的食文化、花文化、山文化、水文化之中。

广州的食文化，那实实在在是温暖了胃的妥帖。广州的家常美食中最主要的一个特色便是老火靓汤。这老火靓汤，有个通俗的广式叫法——“老婆汤”。“老婆汤”是广州人家家户户都要做的餐前汤饮，不仅讲究对汤料的充分利用，更讲究文火慢煲，不温不火，煲上两三个小时。你经常会看到这样一个典型的广州人家生活场景：辛劳一天的男人回到家，不管多晚，女人都会端出煲好的靓汤让老公品尝。这场景，不知让多少北方来的男士们羡慕！有个北京的单身哥们，就曾对我唠叨过 N 多遍：“姐们，你们广州女人天天煲汤喝，这么会过小家日子的，你快点给我介绍个广州女友吧。让我死心塌地结婚去。”

每天，广州市民们早上见面打招呼，往往就是问“饮咗茶未（喝过茶了没有）？”广州人所说的饮茶，并不是坐在家里喝茶，而是指上茶楼，去“饮早茶”。不仅饮茶，还要吃各种丰富多样的点心。广州的茶楼大多建得富丽堂皇，因此，广州人亲友聚会、洽谈生意、业余消遣等，都乐于呼朋引伴上茶楼。一壶酽茶，几件美点。三三两两聚在一起，边吃边谈，既填饱了肚子、联络了感情，又交流了信息，甚至谈成了一桩桩生意，实在是一件惬意得很的事情。一直以来，广州人世俗气息颇重的悠闲日子，每天都是从“饮早茶”的时光开始，而在晚上一碗碗荡漾着温婉涟漪的“老婆汤”中结束的。

广州，别称羊城、花城，城如其名，花城四季飞花，春夏秋冬，都是花天花地的景色。毫不夸张地说，生活在广州，真真是过着“一年无日不看花”的日子。就算是萧瑟的冬天，广州的天桥、立交桥、人行道旁都盛开着红艳艳的三角梅，每一个广州人都可以穿过三角梅花海上班去。特殊的花文化，赋予了广州独特的花事风情。比如说，年三十，行花街——每年年关十里长街，市民结伴“行花街”，成为广州独特的迎春花市。“羊城过年，花城看花”，更成了广州一张亮丽的花名片。

曾经，我去过上海，为了到“东方明珠”电视塔上眺望上海全景，硬是排了两个多小时的队，掏了 150 元。那是个六月天，全身汗津津的，好容易登上了“东方明珠”塔，没看几分钟，因后面还有很多人等着上塔，就被工作人员催着要往下走了。那感觉，很不舒服。而在广州，你想要眺望广州城，太容易了。你可以选择去门票 150 元的小蛮腰（广州塔），虽然一样也要掏钱，但起码不需要排队，也不会被催促。你更可以奔向白云山。白云山聚拢着 30 多个山峰，山体相当宽阔，是个“天然大氧吧”。而且它的主体范围就在市区内，坐公交车随时就可以去。白云山门票很便宜，5 元钱。于是，每到周末，广州人都喜欢呼朋唤友攀登白云山。在山上，你也总能听到婉转的歌曲或粤剧从葱郁的树林中飘出。他们是三三两两结伴成社的票友，拿的家什还挺齐全的，小锣鼓、二胡、笛子等，有滋有味地边敲边唱。走在歌声缥缈的白云山上，所有人的神情都很安然闲适。

一条珠江穿城而过，把广州分成了河北、河南两片。沿江两岸历史古迹丰富，文化氛围浓郁：清代专为迎送官员而设的天字码头、被誉为西洋建筑盛宴的沙面建筑群、尤如江边翩翩欲飞的一只天鹅的星海音乐厅等，不一而足。所以，珠江还有一个美名——广州的“塞纳河”。这个名字很文化，也很时尚，自然地，“塞纳河”便成了广州人日常小聚、情人拍拖的休闲之地。每当夜色降临，“塞纳河”两岸被璀璨的彩灯映照得灿烂辉煌。坐船夜游“塞纳河”，是一种漂来荡去的浪漫。十里花街十里华灯，光华流转间，一张张被璀璨彩灯映照着的笑脸，洋溢着烂漫镏金的满足与幸福。这种满足与幸福，便是广州人对寻常日子的充分自信。

这么一说，似乎广州这个城市挺像小家过日子的。的确，比起其他城市，广州人更关心的是身边看得见摸得着的舒适生活。其实这也没什么不好，说到底，小家日子终究才是生活的底色。

岁月从不败美人

北京路，在广州一直是独特的存在。

北京路是公元前 214 年秦朝大将任嚣建城之始所在地。据史料记载，2000 多年前，秦始皇派任嚣、赵佗领军南征，于公元前 214 年（秦始皇三十三年），实现了征服岭南的宏愿。广州建城，始于任嚣，任嚣城遗址落在北京路以东至芳草街一带。公元前206年任嚣病逝。秦朝灭亡后，公元前204年，赵陀建南越城，号称“南越武王”，城西到教育路，城南到西湖路，其皇城就在北京路北段财政厅前一带。

广州城建城之始的所在地——北京路，一直位居城市的政治、经济、文化中心，是广州市历史上最繁华的文化与商业集散地，素有“岭南第一街”的美誉。虽然北京路历经双门底、永汉路、汉明路、北京路等多次易名，经历了十多个朝代及 2000 多年的沧桑，但其政治、经济、文化中心的地位始终没有改变，这一奇特现象，造就了城市罕见的历史文化景观，也造就了北京路非常独特的气质：永立潮头，芳华璀璨。

北京路北起广州市广卫路财厅前，南到沿江中路天字码头，全长 1450 多米。北京路商业步行街，是以中山四路与北京路交叉处为中心向四方延展的商店群区。北京路文化旅游区规划范围为西起教育路、昌兴街，北至中山五路、广卫路，东至文德路，南至惠福东路、文明路，总面积约为 0.36 平方千米，周边囊括了西汉南越国宫署遗址、南汉御花园（药洲）、千年古道遗址、明朝大佛寺、明朝城隍庙、清代庐江书院等十多个朝代的文化遗址。2016 年 8 月，北京路文化旅游区正式挂牌，成为广东省首家全开放、全免费的国家 4A 级旅游景区。“玩转北京路，穿越 2000 年”，成了一句时尚又响亮的口号。千年古街北京路，越发地“潮”起来了！

北京路顺应历史潮流，适应城市变革，不断焕发新活力。这样的北京路，总让我想到诗句：“岁月从不败美人。”因为拥有得天独厚的城市中轴线地位，以及顺时顺势发展的活力，北京路历经 2000 多年，不仅没有被抹去一丝荣光，反而越来越焕发出契合时代与生活的美艳光彩。

千年古道古楼，北京路的时光博物馆

走进北京路步行街口，一眼望到骑楼上“北京路”三个大字，一旁还罗列着：“千年官署南越国官署、千年水闸西汉水闸、千年古道北京路、千年古楼遗址拱北楼、千年古寺大佛寺、千年园林古药洲”等七行字，一眼望千年，悠悠古韵纷至沓来。

北京路沿街两旁皆为绵延的骑楼，大小商铺林立，行人川流不息。街边的树杈上挂满了红红的灯笼，照得北京路一年四季红红火火。穿行在红火的灯笼下，会看到两道亘古的风景：千年古道遗址，千年古楼遗址。

2002 年 7 月，北京路步行街在整饰工程路面开挖过程中，出土了大量砂岩石条与古城墙砖。后经两个多月的抢救性挖掘，掘出了自唐代直到民国时期共五朝 11 层路面。后又在步行街的南段，发掘出 5 层的宋代拱北楼基址，这些都印证着广州城中心始终位于北京路一带。如今，这些遗址以玻璃保护着，人们走过北京路时，可以透过玻璃，清晰地看到北京路的古老与厚重：西汉南越国石板陶片、隋唐地砖、南汉路基、两宋瓷片、明代枕石、大清土层等历朝历代层层叠加在一起的路面，成就了北京路这条 2000 多年始终未变过的城市中轴线上的商业中心大街，也成就了广州这座“千年商都”的繁华。

在北京路步行街上不仅可以看到千年古道古楼遗址，还可以看到古代计时器“铜壶滴漏”：前面是四个呈阶梯排列的铜壶，水由最上层的日壶按次沿龙头滴下至最下层的受水壶；后面的青砖方拱门，右边刻着“北京路”，左边刻着“始于公元前 214 年”。一旁有文字说明，此“铜壶滴漏”计时器，在元代 1316 年由广州冶铸工人铸造，原置于广州古代传统中轴线的北京路拱北楼上（拱北楼有双门拱，俗称双门，故北京路又称双门底）。虽然民国初年拱北楼被拆除，但透过这铜壶滴漏，仍可以看到历史与生活的缩影。

北京路自建城开始，一直是广州的中轴线，商贾云集，店铺林立。无论历史的车轮如何滚滚向前，这里一直繁华依旧：有创建于明万历年间，享誉全国中药行业的老字号“陈李济”；有1980年开张，闻名全国的第一条个体服装经营集贸市场“高第街”；有1985年开业，广州最早的西餐厅“太平馆”；有鳞次栉比的小店铺和广州百货大厦、新大新公司等大商场；还有越秀书院街、青年文化宫、古籍书店、联合书店等书韵文脉，繁华商业与缕缕文气交映生辉。古老的北京路，走过2000多年风雨，依然青春亮丽，依然延续着千年古道的繁盛与荣光。

北京路上有一家卖零食的小店，名叫“时光博物馆”，店里经常挤满了年轻人。其实，北京路于广州人而言，何尝不是一个“时光博物馆”？在这座“时光博物馆”里，可以看尽广州2000年来的繁华。而且，这繁华一直在北京路上演着，也一直充满着蓬勃朝气。

药洲遗址，千年皇家园林

药洲遗址位于教育路86号（南方剧院北侧），白墙红门楼，红门楼上写有“药洲遗址”四字，白墙上挂有药洲遗址的简介，这可是一座具有千年历史的皇家园林。

药洲，为南汉开国皇帝刘䶮所建。五代南汉乾亨三年（919年），刘䶮在广州城内兴建王府和离宫别院之后，又开凿西湖，在今教育路一带建起了一座皇家园林。园林内设有亭台、楼阁、茶馆、水榭、石桥，湖中置九块奇石，称“九曜石”（九曜，本指北斗七星及辅佐二星）。刘䶮还在岛上种植大量药材，广聚方士在此炼丹，求长生不老之术，故称“药洲”。除了“药洲”之名外，还被称作九曜坊、药洲西湖、南宫、南汉御园和南汉御花园等。宋代以后，药洲成为士大夫泛舟觞咏的胜地，“药洲春晓”亦成为明代八景之一。“九曜石”更吸引了众多文人名士题诗作赋，立碑刻石。至今，药洲保存有不少历代碑刻，其中书法家米芾题写的“药洲”最为著名。

后因湖面渐渐淤塞，药洲面积缩小了很多，现仅存1500平方米。走进药洲，一眼就可看尽全貌。当年的皇家园林，仅剩下药洲遗址这一块小地方，很难让人想象出南汉御花园曾经的辉煌。不过，园中仿五代风格的门楼，还有碑文碑刻，以及门口种植于1745年的细叶榕，湖边种植于1896年的秋枫，无不透着一股悠悠古韵，尤其是那湖中的奇石，形似奔云，姿态各异，更成为吸睛之景。

每次经过北京路，我都喜欢去逛一逛药洲。药洲很小，但小而精致，心里着实喜欢，而且通常游人不会太多。但之前每次进到药洲，都是匆匆走一圈，便离开了。直到去年三月，有个中午，下着雨，我路过药洲，静悄悄的，没个人影，心中甚喜。淅淅沥沥的细雨中，绕着药洲走了好几圈，依着园中标出的“九曜石”位置，我逐个寻找起来，并从不同角度拍摄“九曜石”。一边看，一边拍，一边品味“池西北大石”“米题药洲石”“四言诗石”“池西大石”“钓矶石”“拜石”“仙掌石”“池东石”八块奇石（另一块 1949 年前已遗失），足足花了一个小时，拍得不亦乐乎，我称之为“奇石光阴一小时”。在这段美妙光阴里，我凝视奇石上的肌理，犹如跳跃着的古典旋律，伴随着淅沥沥的雨声，敲击着我的心房，分外的舒畅。此后，每逢雨天，我都会想起我曾经在药洲，静静度过的“奇石光阴一小时”。

流水井书院群，千年古刹大佛寺

流水井，是一条小巷的名字，位于今西湖路广场北边，紧邻喧嚣繁华、时尚前卫的北京路步行街，咫尺距离，就踏入了另一方古朴宁静的天地。这条小巷颇具历史韵味，巷口是赫红色的木头牌坊，上挂金色的“流水坊”三个字，牌坊里挂有一副对联“门临流水，人步青云”，颇有古意。“门临流水”，是说从前这里有一口井的泉水是从观音山上一路流下来的，“流水不腐”，甘甜好喝；“人步青云”自然和读书人的升迁期望有关了。这里，曾经是广州书院群落的缩影。

据《广州越秀古书院》记载，清代，广州书院在数量上居全国之首，在今北京路附近以流水井、大小马站为核心，辐射四周约3平方千米的区域内，百十家书院集中分布，形成了一个全国罕见的书院群。这些书院、书室或家塾，并非官办，其模式是在姓氏家族背景支配下运作的一种合族祠书院，兼具教育功能和祖先祭祀功能。

进得小巷，只见小巷墙上以一幅幅“图说合族祠”，介绍了合族祠的建祠、应试备考、花红励学、资助赶考、春秋祭祀等。小巷两旁鳞次栉比竖有不少旧时书院的牌坊。例如，庐江书院（又称何家祠）、三益书室、西湖书院、濂溪书院、禺山书院、越秀书院、冠英家塾等。虽然，如今流水井书院群已不见了赶考的学子身影，也再无昔日朗朗的读书声。甚至，许多旧时书院现在大部分也成了民居，但一座座书院牌坊，还有庐江书院门前的对联“月影追灯影，书声夺市声”，依然能让人生动感知到沉淀于历史深处的广州书院文化的古韵。位于流水井29号的庐江书院，也已活化为岭南金融博物馆，绽放出崭新的风采。

大佛寺位于西湖广场南边。这座隐于闹市中的千年古刹，始建于南汉，曾与光孝寺、华林寺、海幢寺、长寿寺（在长寿路，已废）合称清初广府“五大丛林”。1839年，林则徐曾在大佛寺收缴烟土烟枪；1926年周恩来总理曾在大佛寺开办高级政治训练班。

大佛寺香客众多，香火很盛。寺中有两棵古树，皆为大叶榕。一棵在大佛寺大殿后北侧，植于1737年；一棵在大佛寺大殿后南侧，植于1791年。每年春天，两棵200多年的古榕，铺落一地金黄，映衬着千年古刹的亭台飞檐，更添了一份亘古的味道。

百年花市耀光彩，南越王宫现风华

公园前地铁站 D 口出来，便是教育路了。在地铁出口处立着一块“百年花市”的石碑，简单介绍了广州百年花市的来龙去脉：广州花市，源于明末“花渡头”；清中期，在藩署前（今财政厅前）出现夜间花市；19 世纪 60 年代渐成年宵花市，迁至双门底（今北京路），北京路成为广州除夕花市始源地。20 世纪 20 年代，年宵花市最终定型。1956 年，广州市政府正式命名其为“迎春花市”，以教育路、西湖路为中心会场。花市从农历腊月二十八直至除夕夜，广州人每年必到花市“行花街”以兆来年好运。如今，“行花街”已入选国家非物质文化遗产名录。

每年春节，西湖路、教育路繁花似锦，广州人“行花街”逛花市，花街上人海如潮，人人笑脸如花。虽然，后来广州各区也分别举办花市，但是在广州人心目中，每年在西湖路、教育路一带举办的西湖花市，才是广州最正宗、最具广府传统文化风韵的花市。用广州人的话说，那就是“不行西湖花市，就不算行过花街”。享有“百年花市”美誉的西湖花市，从出现开始，一直“美”到现在，历经百年，光彩依旧。

2022 年 6 月 12 日，在离北京路步行街不远的中山四路骑楼上，竖起了“广州非遗街区北京路”的牌子，牌子上写着“春节（行花街）”，整排骑楼化身为一条文化主题长廊，以“行花街”

的概念串联起广州非遗街区（北京路）。走在骑楼下，会看到一个个橱窗，分别展示“行花街，叹早茶”、“行花街，睇彩扎”（彩扎即广州狮头）、“行花街，听讲古”等，一旁还有简单的文字介绍，生动形象地展示了传统的广式风情与文化。我尤其喜欢“行花街，叹早茶”这个橱窗，有干蒸烧卖、叉烧包、传统布拉肠、太爷鸡等，全都是传统的广式美食，一小笼一小笼摆满了橱窗，看得人直流口水。

紧挨着“广州非遗街区北京路”主题长廊的，是南越王宫博物馆和城隍庙。

南越国，又称为南越或南粤。公元前 204 年，赵佗起兵，在岭南地区建立南越国，国都位于番禺（今广州市），自称“南越武王”。2000 多年前的南越国官署遗址、西汉水闸遗址都藏于南越王宫博物馆。遗址中出土有南越王宫的古井、“万岁”瓦当、印花铺地砖、折腰瓦、铁凿、鎏金半两铜钱等，还有从秦、汉、晋、南朝、隋、唐、南汉、宋、元、明、清到民国的遗迹文物。这些层层相叠的遗迹文物，记载和印证着北京路这一带 2000 年来一直都是广州的政治和经济中枢。

与南越王宫博物馆相邻的城隍庙，是广州祭祀城隍的庙宇，始建于 1370 年（明洪武三年），是明清时期岭南地区最大、最雄伟的城隍庙。2010 年 10 月底，修缮后的城隍庙重新对市民开放。此后，一年一度的广府庙会在此开锣，宫灯高挂，人山人海，逛广府庙会已然成为广州市民过元宵节的新民俗。

很广州，很世界

喜欢沙面，百年洋楼林立，百年古树耸立。这里，是看世界的窗口，是品广州风情的胜地；这里，见证着中西文化在广州融合的历史与变迁。

沙面，曾称拾翠洲，南临珠江白鹅潭，是一个椭圆形的人工小岛。在宋、元、明、清时期，曾为广州的重要商埠。第二次鸦片战争后成为租界，曾有十多个国家在沙面设立领事馆，有教堂，有英国雪厂、汇丰银行等多家外国洋行、银行曾在沙面经营。整个沙面岛上留下了 150 多座欧陆风格建筑，形成了独具欧陆风情的露天“建筑博物馆”。岛上两三百年的古木随处可见，衬映得百多座欧陆风情建筑更添了一份亘古的韵味。1996 年，沙面建筑群被列为全国重点文物保护单位。如今，沙面已经成为广州拥有各种公共设施的街区，广州人为沙面冠以永远不变的“羊城第九景”的美名。

走在沙面，仿如漫步欧洲小古镇，新巴洛克式、仿哥特式、券廊式、新古典式及中西合璧风格的建筑，次第撞进眼帘。处处可见取沙面街景拍婚纱照的新人们。偶尔，也能遇见到教堂办婚礼的新郎、新娘。新郎、新娘往往还会站在教堂门前，热情地邀请路过的行人参加婚礼，见证他们幸福人生的开端。婚礼过程很简单，宣读誓言、交换戒指、亲吻、祝福，20来分钟就结束，时间虽短，却也让人们很生动地感受了一番西洋风。

沙面大街54号和59号，是我最喜爱的两栋建筑。不论何时走过这两栋楼，都会看到有很多人，摆pose，拍照，这里也是拍婚纱照的首选之地。

站在沙面大街，眺望54号，会觉得整座楼犹如一艘巨轮，仿佛正浩浩荡荡地从历史的深处驶来。这是汇丰银行旧址，初建于1865年，重建于1920年。整栋楼呈灰白色，有花岗石古典山花门，罗马式巨柱罗列，挺拔有力。整座楼采用圆柱和方柱的搭配，张扬着一种力量之美，但窗间墙勾勒的横线条，却又给力量之美添加了一番柔和与灵动。屋顶耸立着半球穹顶的小塔楼，穹顶上还竖立着旗杆，昂然挺立于树荫之上，透出一种古典与庄严。有人形容说，这栋楼是沙面之眼，只要一踏上沙面，你就永远无法忽略它的存在。

59号，外墙是淡黄与雪白相间，透着一股清雅柔和。这栋楼建于1906年，是当年广州燃料市场三巨头之一的亚细亚火油公司旧址，曾是德国领事馆。如今这栋老建筑已被活化为广州金羊金融研究院。

整栋建筑跨度大，南座位于沙面大街 59 号，北座位于沙面四街 1~3 号，几乎占据了半条沙面四街。走在沙面四街，可清晰地看见 59 号整座大楼的侧面，侧面的外墙看起来像嵌入了一个个西式壁炉，添了几分雍容华贵。运气好的时候，偶尔还会看见侧面里有门开着。推开铁门，是长长的楼梯，还有很西式的半圆拱门。沿楼梯而上，穿过拱门，会看见回字形的院子，四边皆有外廊，阴凉舒适。大楼各扇玻璃门上有德国雄鹰图案，其中有一个穹顶还装了彩色玻璃，闪闪发亮。有不少帅哥美女，流连在院子里，没什么人声，只是不时响起“喀嚓喀嚓”的拍照声。时光在这里，静悄悄的，人在这里，静悄悄的，但历史的风尘，却一缕缕地搅动着每一双凝视的眼睛。

沙面大街 59 号对面，就是白天鹅宾馆了。这宾馆，可谓大名鼎鼎，由霍英东先生与广东省人民政府合作投资兴建而成，是内地首家合资的五星级宾馆。酒店于 1983 年开业，前后接待过 40 多个国家的 150 位元首和王室成员，至今风光犹存。

对于白天鹅宾馆，广州人有着很独特的情怀。别看白天鹅宾馆是高档的五星级宾馆，但却颇具平民风范，它是中国第一家对大众开放的高级酒店。开放首日，广州市民络绎不绝，酒店里人山人海，据说当时大堂还捡到几箩筐挤掉的鞋子。

白天鹅宾馆的楼面造型很西式，但店内却富有岭南传统园林风情，店里菜品也体现广式风味，比如说，“月映仙兔”与“金红化皮猪”，一直是白天鹅宾馆的招牌菜，“月映仙兔”为广式点心拼盘，“金红化皮猪”为广州人熟悉的烤乳猪。店内更有一处“故乡水”景观，既承载了白天鹅的历史，也是老广们的集体记忆。当时，全家一起去白天鹅宾馆，以“故乡水”为背景，拍一张全家福，一度成为广州最流行的时尚。至今，不少广州人的客厅里还挂着这张“故乡水”全家福。听年轻一代的朋友说，有不少当年和爸爸妈妈一起拍全家福的小朋友，长大成家，生儿育女后，也还喜欢把自己的孩子带到白天鹅宾馆，再拍下一张“故乡水”照片，怀个旧，以作留念。

“水是故乡甜，月是故乡明”，每一个人对故乡都有着一种独特的情怀，故乡的一草一木一山一水皆无限美好。不论暂离还是久行，“故乡水”都是游子们心中最柔软的一缕思念。记得，当年我离开故乡初来广州读大学时，舅舅带我到沙面游玩，看见白天鹅宾馆的“故乡水”三个字，我的心刹那就被触动了，眼睛都有点湿润了。年轻如当时的我，并且只是暂离故乡，都能够感受到“故乡水”的震撼魅力。可想而知，对于大多数久居海外，直到叶落归根的年纪才能够回到祖国、回到家乡的华侨、华人们来说，“故乡水”这三个字，该是多么深刻的心灵慰藉！

朋友阿容，每隔三五年，都会和丈夫一起从美国回来。阿容的丈夫是地道的美国白领，每次回来，已经在美国落地生根了20多年的阿容，选住的酒店，必然是沙面的白天鹅宾馆。她说，她喜欢酒店里的“故乡水”，每次回来，都要在此拍张照片留念。

广州人喜欢沙面，外国人到广州，也喜欢到沙面去逛逛。所以，走在沙面，你总是能见到很多外国人的身影。沙面的画廊，从来就有着一种很浓郁的中国风情与异国情调。曾经，最兴盛的时候，在沙面四街里，竟然有半条街都是画廊。有意思的是，不管你走进哪一间画廊，那些店员全都会讲很流利的英语。阿容说，在这里她的丈夫有一种很浓烈的赏画欲望与购画欲望，因为沙面的画廊很世界，很中国，也很广州。

我曾经陪阿容和她的丈夫逛过沙面画廊，画廊里卖的画种类繁多，有碳素画、鼻烟壶画、油画、指掌画、刺绣画等。还有一种羽毛画，是画在玲珑小巧的羽毛上的，纹理细软纤瘦，色泽亮丽妖娆，主题不外乎：唐朝的仕女图、时尚的广州西关小姐、招财进宝的金童玉女、江南水乡戴草帽的小牧童等。阿容和她的丈夫都特别喜欢这些羽毛画，如一本书大小，携带方便，价格也适中，一幅画是 250~300 元不等。他们往往一买就好几幅，说是当作礼物送给美国的好朋友。此时此刻，小小的画廊，让世界与广州，漫溢出了一种温暖的光泽。

沙面的街巷里，有很多雕塑，都颇具“很世界，很广州”的特质。如“绅士贵妇织补妇”，西装革履的外国绅士和穿曳地长裙的洋贵妇，正看着手拿针线的中国妇女，一针一线地缝补着；“鸟趣”是祖孙俩在遛鸟，很典型的广州人家的闲适生活风范；“戏缘”是一个外国女子和一个中国女子，举着小扇子，张口唱戏；“三下五除二”，是一个头戴绅士帽手端一杯茶的外国男子，正一脸认真地看着一个戴眼镜的中国男子，手指飞快地拨打着手中的算盘……

华灯初上，沙面建筑上并排亮起了两句话，左边一句是“我在广州”，右边一句是“我爱沙面”，“爱”是一颗红红的“心”形。这时候，走进江边的“西关风情”，吖能大少回锅肉、西关二少炒肥肠、西关阿四炒圣子皇、沙基疍家炒花甲、太平桥底炒猪三宝、荔湾风情炒鳝段、西关风情炒小鲜（鲜鱿）……一道道独具特色的广州西关美味，直让人看得垂涎欲滴。

拂着珠江上吹来的柔风，吃着最地道的广州美食，抬眼望去，一座座欧陆风情的建筑洋楼遍布沙面的街巷。此情此景，已历经百余年，西洋风与中国风，彼此融合，可感可触。沙面，一直很广州，也很世界！

风流华美『塞纳河』

珠江，是中国仅次于长江、黄河的第三大河，而广州正位于珠江边上。

一条珠江，穿城而过，把广州分成了河北、河南两片。旧时，由于陆路交通设施落后，珠江上的桥少，所以珠江航运也就成了人们日常生活与外出的主要交通方式之一。因而，广州沿江设有很多轮渡码头。那时候，广州人离不开坐渡轮：从河南到河北，上班、购物、访友、探亲。还没有过多高楼大厦和现代化大桥的珠江，洋溢着一派平民气质。尤其是当时的珠江两岸，经常停满打鱼的小木船，诞生出一种独特的生存文化“疍家”，以及经典小吃“艇仔粥”，更显出了珠江的平民色彩。

“疍家”（又作“蛋家”），是旧时陆上居民对水上打鱼人家的称谓。蛋民所乘的“艇”，像一只鸡蛋对半剖开，上盖以篷，所以叫“蛋艇”；主人以艇为家，所以叫作“蛋家”。广州人称“艇”为“艇仔”，而艇仔粥就出自这些“艇仔”人家之手，它是一种以螺肉、鱼片、花生、芋头等制成的鲜美粥品，由小艇划到江面或江边叫卖而得名。

据我80多岁的姨妈回忆说：20世纪50年代的珠江岸边，每当夜色来临，江面上游艇、画舫游弋其间，“艇仔”也挂起一两盏红红的小灯笼穿梭往返。江边、游艇与画舫时不时就会响起一声声长长的吆喝：“一碗艇仔粥！”片刻后，船家少女便会捧上一碗用青花瓷碗装着的热粥。接到热粥的游客用勺子舀上几舀，螺肉、鱼片等材料立刻伴着葱花与姜丝香香地浮上来，谁啜上一口都忍不住叹上一声，直觉得人生的美事莫过于此了。所以，虽然现在珠江河面的“疍家”人已迁至岸上居住，但艇仔粥却自小艇进入了酒家宾馆，成为流传至今的广州经典小吃。

当然，珠江不仅很平民化，而且其历史古迹与文化氛围更加让人津津乐道：清代专为迎送官员而设的天字码头；曾是羊城八景之一的白鹅潭；沐浴江风楚楚动人的白天鹅宾馆；素有“广州第九景”之称并被誉为西洋建筑盛宴的沙面建筑群；典型的西式骑楼建筑爱群大厦；尤如江边翩翩欲飞的一只天鹅的星海音乐厅；被誉为广州“城市客厅”的花城广场；被《今日美国》评为“世界十大歌剧院”的广州大剧院；还有总高度600米且被誉为“中国第一高塔”的广州塔（广州人昵称为“小蛮腰”）……所以，广州珠江，还有一个美名——广州的“塞纳河”。这个名字很文化、很时尚，它总让人想起那个历史古迹和文化氛围都风流华美得让人惊叹的法国时尚之都——巴黎的塞纳河。

沿着广州“塞纳河”的两岸一路寻去，广州的历史、广州的文化、广州的艺术、广州的富庶、广州的浪漫、广州的潇洒，在“塞纳河”两岸洋洋洒洒。七彩的霓虹灯闪烁在横跨两岸的江湾桥、海珠桥、解放桥、人民桥、海印桥、广州桥等大桥上，让它们变成了一条条跨江的“彩虹”。“彩虹”上人来车往，仿如郭沫若笔下“天上的街市”，映照出广州一派富足、祥和、浪漫的生命底色。自然地，“塞纳河”便成了广州人一家日常小聚、情人“拍拖”的休闲之地，而且也成了广州人向外地亲朋好友炫耀的一个时尚招牌。

每当夜色降临，珠江边上的天字码头便人声鼎沸，“塞纳河”两岸被璀璨的彩灯映照得流光溢彩。坐船夜游广州“塞纳河”，是一种漂来荡去的浪漫。游船那无片瓦遮挡的三楼，是演绎这种漂来荡去的浪漫的最好场所，一溜白玉般洁白的凳子、桌子，全都是镂花雕刻的，处处透着法国式的浪漫情调。

沿着“塞纳河”两岸，有很宽敞的步道。步道上设置了许多照明装饰，一到夜晚，灯光璀璨。行走在步道上，吹着江风，赏着珠江两岸的繁华夜景，人仿如陷入了郭沫若所写的“天上的街市”。

一年四季，“塞纳河”上，一江水，唱着婉约的小调。十里花街十里华灯，光华流转间，那一张张被璀璨彩灯映照得沉醉的笑脸，洋溢着烂漫镏金的满足与幸福。这种满足与幸福，便是广州人对寻常日子充满自信的质地。

花城广场，小蛮腰

全广州城颜值最高的广场在哪儿？

广州人绝对会给出这样一个答案——花城广场！这是我们大广州的“城市客厅”，又大又靓，越睇越钟意。

花城广场，有多大？有多靓？颜值有多高？

花城广场占地面积约 56 万平方米，号称广州最大的广场，坐落于广州新城市中轴线的珠江新城核心区，北靠黄埔大道，南临海心沙，与广州标志性建筑“小蛮腰”（广州电视塔）隔江相望。一核心，一地标，其中心地位，不言而喻。

整个花城广场为宝瓶状，两条千米长的人行通道贯穿南北，广场周边有现代设计感十足的广州图书馆新馆、广州大剧院、广东省博物馆新馆等 39 幢风格各异的地标性建筑，文化气质高端，商都气韵深厚。还有人造景观湖区、大型喷泉、灯光广场，冷雾降温系统；还种植有 600 多棵古木和大树，绿树成荫，广场上品种繁多的花卉，四季花开，群芳争艳，彰显“花城”之美名。广场四周和地下空间，店铺林立，有地铁三号线、五号线及珠江新城旅客自动输送系统 3 条轨道交通线交会，地上也覆盖多条公交线路。市民任意搭乘各种交通线，即可轻松进入花城广场内，极富现代大都市的便利气质。

又大又靓、颜值已高到天花板顶端的花城广场，于 2010 年 10 月 25 日向市民开放，是广州的新名片和代言人，也是广州的“城市客厅”。一场场视觉盛宴接连不断在这个“城市客厅”上演。2011 年开始，与法国、悉尼并列为世界三大灯光节的广州国际灯光节，每年年底在花城广场举办，以广州塔（小蛮腰）为中心，珠江两岸和新中轴线夜景为背景，联动花城广场现场音乐，上演大型城市灯光表演秀。此外，还有广州园林博览会、广州新年新诗会、马拉松比赛（起终点）等活动，一场接一场，“城市客厅”一年到头，都热闹非凡。

说起来，“花城广场”名字的由来，是因为广州地处亚热带，背山面海，是全国少有的“四季常青，终年有花”的城市，一直以来素有“南国花城”的美誉。而“花城”又是广州的别称，在全国乃至海外都享有较高的知名度，所以为了容易理解，便于传播，在 2010 年亚运会开幕前，将广州城市新中轴线广场正式命名为“花城广场”。这个名字接地气，又点名了花城的“花”之独特意象，深得民众喜爱。

我每次喜欢从与黄埔大道接壤的北边踏入花城广场，很快就会遇见约 2 千米长的步行木栈道和占地超过 1.5 万平方米的人造景观浮岛湖。岛上绿植林立，繁花四季盛放，有木棉、桃花、樱花、水上天堂鸟、四季海棠、美人蕉、莲花、木槿……还有依依杨柳，一番桃红柳绿的意境，游客们行走在木栈道上，陶醉不已。不少外地朋友跟我游览到此处，尤其是冬天从外地来广州的朋友，都会感叹不已："这花城广州，寒冬世界，还百花盛开，名副其实。"

心中有些小窃喜的是，我曾在这岛边遇见了红花银桦丛林。这红花银桦在广州并不多见，我却在花城广场的浮岛湖遇见了红艳艳的一小片。其叶子和花都长得挺吸引人的，叶为互生的羽状叶，背面密生着很多银白色绒毛，亮闪闪的，据说这是起名银桦的缘由；花则是由很多小花构成的大大的穗状花序，橙红色，花蕊很长，弯弯卷卷，那种感觉就好像在看一个美女，正在把她天然的弯弯卷卷的长发散开来，一层一层，飘逸舒缓，艳丽动人。花儿开得明艳艳，但开花的节奏，却舒缓有致，今天三四朵，明天四五朵，后天五六朵，整个冬季都在不间断地开放。这么多年来，我形成了一个习惯，每逢冬天逛花城广场，必到红花银桦丛林跟前，看一看，拍一拍，晒一晒朋友圈。这已经成为我乐此不疲的一件好玩花事。

穿步行栈道，赏过缤纷花事，再往前，又可感受到一番文化与艺术的熏陶。一座座饱含文化气息的艺术殿堂分列广场两边，人文艺术这朵花，在花城广场，可谓色彩缤纷：爱看书的，可以去广州图书馆新馆；爱看演出的，可以去广州大剧院；爱看展览与古物的，可以去广东省博物馆新馆……就算赶时间，浮光掠影地看一看设计风格各异的建筑外观，也能来一番文化艺术的熏陶。

我特别喜欢其中的两座建筑。一座是广州图书馆，外墙如同两本互相依靠的“书”，“书”前种植有细竹，书香古韵，透着浓浓的人文味；另一座是广州大剧院，没有传统建筑的垂直柱子和垂直墙面，而是两块不规则且扭曲倾斜的大小“砾石”比邻相立。“大砾石”为黑色花岗岩（大剧场、录音棚、艺术展览厅等），“小砾石”为白色花岗岩（多功能剧场等），黑白对比，时尚大气，又富有广州本土建筑的意蕴，意指从珠江边冲刷下来的石头。这两块石头，被誉为“会唱歌的石头”。每次走过这两块石头，总觉得歌声缭绕，动听的旋律拨动着心弦，匆匆的脚步，刹那放慢，焦躁的心灵，顿时宁静了下来。广州大剧院建成后，曾被评为“世界十大歌剧院”。

再往前走，便是珠江新城核心区轴线的端点海心沙，这里的庆典广场像帆船，曾是 2010 年广州亚运会开闭幕式的举办之地。以珠江为舞台，以城市为背景，亚洲扬帆起航——来自亚洲 45 个国家和地区的运动员，分别乘坐 45 艘极具岭南特色的游船，从珠江白鹅潭出发，经过 9.2 千米水上行程，从波光粼粼的珠江抵达海心沙，依次进入开幕式会场。这奇特的“乘船入场”，精彩刺激，彰显着广州大胆创新、开拓进取的城市精神。广州亚运会的入场奇迹，“惊艳”了全世界。如今，每当走进这个庆典广场，那种“惊艳”的场景，仿佛仍在眼前，让我心潮澎湃不已。

夜幕降临，花城广场一栋栋建筑上的灯光亮起来了，树上的彩灯也亮起来了，璀璨闪亮，流光溢彩。此时，最醒目的建筑非“小蛮腰”（广州塔）莫属，赤橙黄绿青蓝紫，七种颜色变幻闪亮，更凸显了“杨柳小蛮腰”的婀娜妖娆。这幅盛世繁华的画卷，任谁看了，都赞叹不已。

广州塔，又称广州新电视塔，但市民喜欢昵称其为“小蛮腰”，与珠江新城、花城广场、海心沙岛隔江相望。塔身主体高454米，天线桅杆高146米，总高度600米，为中国第一高塔，可抵御8级地震、12级台风，设计使用年限超过100年。这座中国第一高塔内，还有不少世界第一：世界最高的摩天轮、世界最高的旋转餐厅、世界最高的垂直速降“极速云霄”游乐项目。广州塔于2009年9月28日建成，2010年9月30日正式对外开放，很快成为广州休闲娱乐的地标，也成了外地人、外国人看广州的一道璀璨风景线。

说起外地人、外国人看广州，我便想起了越秀公园的五羊雕像。越秀公园因越秀山而得名。屹立于公园木壳岗上的五羊雕像，建于1959年，用130块花岗石雕刻而成，高10余米，自建成之日起，五羊雕像一直被视为羊城的标志。

五羊雕像之所以能够成为广州这座城市的城徽，与“五羊仙人衔穗降临广州”的传说有关。相传在2000多年前周夷王时，广州遍地荒芜，百姓饥寒交迫。后来，有五位仙人身穿五色彩衣，骑着口含六束谷穗的五只仙羊飞临广州，把谷穗留给广州人，并祝愿这里五谷丰登永无饥荒。随后，五位仙人驾云腾空而去，五只仙羊则化为石头，永留人间。因为有了五仙的祝福，从此广州成为富饶之地，广州也因此得名“羊城”“穗城”。越秀公园的五羊雕像，以四只形态各异的小羊簇着一只口衔稻穗的雄劲公羊，生动展现了“羊化为石，将稻穗赠予广州人民”的传说。

广州人喜欢和家人一起游玩越秀公园，看看城市地标“五羊雕像”，一家人乐呵呵地拍拍照；而外地人来广州，也必定要与五羊雕像合影，作为自己到过广州的最好纪念。现在，广州的新地标也越来越多。五羊雕像和花城广场、“小蛮腰”等新时代地标一起，见证着广州的新风貌。

白天，走进花城广场，穿行在绿树成荫的“城市客厅”，看花草、看古木，看书籍、看潮流风物，看蓝天云海中的“小蛮腰”，吃一支甜香的“小蛮腰”雪糕。晚上，站在灯光闪烁的“城市客厅”，眺望璀璨耀眼的“小蛮腰”，晒“小蛮腰”的璀璨七色颜值，成了记录广州的一种崭新时尚。

“高颜值”的“城市客厅”，与“高颜值”的“小蛮腰”，隔江相望，又彼此映衬，成就了广州 CBD 核心区最美的样子，妥妥的繁华城市的美丽画卷！

广州地铁，靓、靓、靓

广州人都喜欢“靓”，见到漂亮的女子就叫“靓女”，见到英俊的男子就叫“靓仔”。“靓”，除了形容样貌端好，还可以泛指广义上的好。延伸到生活各处，广州人自然也是“靓”个不停，比如说，“靓汤”“靓衫”“靓嘢”（好的事情，好的东西），等等。广州地铁，在广州人的眼中，自然也是非常“靓”的。

地铁是在现代城市中修建的快速、大运量、用电力牵引的轨道交通，便捷准时，不会塞车，成为人们最爱乘坐的一种交通工具。比如说，自从开通了通往番禺区的 3 号地铁后，番禺居民每天都可以往返广州上班，这在以前是不可想象的。以前，从广州老城区到番禺，要坐两三次轮渡。记得 20 世纪 80 年代初，我曾经从广州石牌出发，去番禺市桥探望大表姐，转了几趟公共汽车，还要坐几次轮渡，花了七八个小时才终于到达。表姐于心不忍：“这么折腾，等以后交通方便，你再来番禺吧。”

20 世纪 80 年代末，洛溪大桥建成，这座耸立于珠江主航道之上的桥梁，成了广州市内来往海珠区和番禺区的一个重要过江通道。从此，从广州老城区去番禺的时间就缩短了很多。20 世纪 90 年代中后期开始，广州地铁 1 号线开通了，转道番禺，又有了新的选择；21 世纪，随着广州东站至番禺广场站的地铁 3 号线开通，40 多分钟就可以从广州很多地方轻松抵达番禺了，我坐 3 号线去番禺探望表姐也成了一种常态。我表姐有个女儿，是个上班族。她说，每天乘坐地铁到广州天河城上班，来回速度快，不堵车，心情也靓靓的。

广州地铁四通八达，既通往广州周边的郊区，也通往佛山等其他城市，城际之间来往穿梭十分便利。至 2022 年 5 月，广州已有 16 条地铁线路正式开通。这 16 条地铁线与沿途的地铁站，“靓”得也各有千秋。

在我看来，最靓的地铁站，莫过于地铁 4 号线南延段的起讫站——南沙客运港站，广州人称它“颜值靓得爆表”。整个地铁站以海水蓝作为主色调，站厅中央摆着艺术品宝船，抬头随处可见海鸥状灯具。人行走在地铁站，就像穿梭在“蔚蓝大海”中，开启一场海上梦幻之旅。南沙客运港站地铁站以“一带一路”为主线，全面融入海洋、宝船、海鸥等文化元素，重现了广州海上丝绸之路的历史盛景，曾获得过“中国十大最美地铁站”的称号。

同样是“颜值担当”的天河公园地铁站，号称“亚洲最大地铁站”，总建筑面积达到 7 万多平方米，这是广州地铁 21 号线的中间站，也是广州新城区和中心区连接的重要换乘节点。站厅上方的白炽灯连成一片，“五大星球”矗立在站厅之中，碎片化星光天花板，营造出梦幻星空主题。如今，站厅里还添设了“共享钢琴”，每月两场，无须预约，途经此地铁站的市民皆可由钢琴老师现场指导弹奏钢琴。叮叮咚咚的钢琴声，让天河公园地铁站更添了一份“高大上”的风韵。

被誉为“最文艺的地铁站”的站点是 6 号线东山口站，以“印象东山、西韵情怀”为主题，站厅墙体颜色是洋楼群中常见的黄色，中西合璧的“东山洋房”柱式门廊见证着羊城多元文化并存的历史，满满都是老广州的味道。同样是 6 号线，海珠广场站墙上的“今昔”照片，既有密布船舶的近代珠江盛景；也有 20 世纪 80 年代万人骑车过海珠桥的情景；还有如今珠江两岸高楼林立的新建筑群。从照片中看珠江的“今昔”，令人感触最深的是，我们可以很生动地感知到广州第一座跨江桥“海珠桥”的沧桑历史。自 1933 年建成后，海珠桥一直都是珠江两岸历史演变的忠实见证者。

还有 13 号线南海神庙站，以山水石，展现古代海上丝绸之路发祥地的历史风貌，天花板和地板都装饰着波浪线，人仿如走在大海上；9 号线广州北站，以醒狮为主题，展现“狮舞南粤”的传统民间艺术；5 号线动物园站，童心十足，随处可见各种动物贴纸，简直成了一个“动物世界”；7 号线南村万博站，以芭蕉叶、趟栊门、铁艺拼花的传统窗户，呈现着浓烈的岭南气息……

不同风貌的 16 条地铁线，彰显着广州这座现代都市的风范。

市民快速地穿梭于城郊之间，也快速地体味着广州巨大的变化。

对于我个人来说，这 16 条地铁线中，印象最深的是地铁 1 号线和 2 号线。这两条地铁线是广州最早出现的地铁线，“靓靓”地撩拨着广州人的靓心情，也撩拨着广州这座城市的新时代气象和青春活力。

地铁一号线的列车是橙黄色的，就像美国进口的新奇士橙的颜色，很招摇，很青春。二号线则是蓝中带有香槟色，香槟是鸡尾酒会的宠儿，很小资，很时髦。所以，每次一坐上地铁，想着香橙，想着香槟，心情总是靓靓的。

广州地铁一号线纯粹就是一条购物热线，基本上把全广州的购物热点都囊括了。沿途经过天河城、中华广场、流行前线、北京路、上下九步行街，还有全亚洲最大的购物场所正佳广场。一号线地铁就像时尚的密不透风的集合体，各种时尚元素五花八门地，从这里飞出，扮靓了整个广州的天空。

二号线的各站台色彩斑斓，让人产生非常轻俏的幻想：清新纯净的白色三元里站；温馨浪漫情调的紫色纪念堂站；宁静舒适的天蓝色海珠广场站；热情大方的橙色江南西站；明快开朗的柠檬黄市二宫站；生机盎然的绿色东晓南站……有个喜欢折腾心情的女性朋友，虽然公共汽车站就在她家门口，但她情愿每天多走 20 分钟的路，去搭乘 2 号地铁。她说，每天每隔几分钟就能体验到不同色彩的风景，我生活的质量就“靓”了好几倍啦。

广州地铁的车厢内都以清爽淡雅的白色调为主，用小资们的话来说，这样清新淡雅的环境，是适合谈论有情调的“靓”话题、阅读有情调的“靓”书籍的地方。时代在发展，如今，真正阅读纸上“靓”书籍的人已不多，大都是拿着一部靓手机，盯着屏幕，看八卦、看新闻、看娱乐、看潮流——时尚的质地，流行的细节，在车厢里翻过来滚过去。

当然，总会有例外。关于有情调的“靓”书籍，早前我曾经遇见过一位穿着黑白相间校服的小帅哥，翻看着一本全英文版的《哈利·波特与混血王子》。看他的样子，顶多也还是个十一二岁的小学生。我忍不住问，你看得懂吗？小男孩笑吟吟地说：“只看得懂一点点，但这是潮流书呀。——买英文版的哈利·波特是紧跟潮流；读英文版的哈利·波特是把握潮流。”确实，中文版的《哈利·波特与混血王子》59 元一本，而英文版的却高达 178 元一本。在潮流面前，广州的男人和女人永远都是“靓”得那么的大方和得意。

有一部电影《开往春天的地铁》，有一部电视偶像剧《男才女貌》，都与爱情有关，也都与地铁有关。于是，我们相信“地铁催生爱情”。这个充满后现代意味的结论在广州的地铁每天都演绎着。广州的大商场一般都是晚上 10 点前关门，于是，每天晚上 9 点 30 分左右，地铁里的荷尔蒙非常浓烈。男人女人，手里都拎得满满的，笑容都是灿烂的。每当这时，你就会觉得广州的地铁，“靓”得太像电影、电视剧的俗丽情节。

其实，广州这个城市，正因为有了地铁上那么多的“靓”风景，才显出了它新时代的青春活力！

清冷中的静美

略微泛黄的画面：一段白得刺眼的小路，一扇斑驳脱落的暗红拱门。勃勃生机的绿色藤萝，从上面垂吊下来，掩映着三分之一的拱门。拱门上，生锈的铁链，搁着一把生锈的铁锁。拱门前的台阶里，一左一右，坐着两名手握书本的学生，一个正低头看书，另一个则抬头望向远方。

拍摄的人这样写道：中山大学特别美，阳光暖洋洋的，微风中略带一丝薄寒。虽然只有那么几句说明，但我一看到这个寂寞得静美的画面，就确定这拍摄的应该是位于中山大学的陈寅恪故居。因为从屋前延伸出的那条白得刺眼的小路，已经是一个代表着在这里生活了整整 16 年的陈寅恪的特定的文化符号了。

关于这条白得刺眼的小路，在一旁斑驳的水磨石牌上，有简单的介绍："二十世纪五十年代后，中大东南区一号一直是陈寅恪教授的住所兼教学课室。《论再生缘》《柳如是别传》等名著就是在这里完成的。屋前的这条路是陈寅恪教授经常散步的地方。从四十年代中期开始，陈寅恪教授视力严重衰退，只能略见光影。学校专为他修砌了这条小路，涂上白漆，方便辨识，还在房屋东边的路口设了一道护栏，以策安全。”这便是著名的“陈寅恪小道”的来历。而这条小路，从此也成为中大“以人为本”“尊重学术”的标志。

所以，有爱好文字的朋友来广州，自然都要提到这条白色小路，当然，只要时间来得及，他们也肯定会崇敬地前往瞻仰一番，不过，每次都总是遇着那生锈的铁链与铁锁，多少会有点落寞地离去。就像拍摄上面这张照片的人写的那句话——阳光暖洋洋的，微风中略带一丝薄寒。

我最近一次前往陈寅恪故居，是在3月初，是陪山东来的朋友去的。那天，阳光很温暖，我们流连在陈寅恪故居的周遭，看绿树掩映的两层高的红砖洋楼，红砖已旧，窗棂已残。不同的是，那条生锈的铁链，那把生锈的铁锁，已不见踪影。取而代之的是一张白色封条：二〇〇七年一月十五日封，中山大学房地产管理处。这更让陈寅恪故居显得庄重、深沉、寂寥、孤傲。

门前，一位年轻的父亲正带着孩子在玩耍。孩子还小，只知道用泥沙在玩过家家的游戏。我们和年轻父亲攀谈起来。年轻父亲说：带孩子来这里，确实是想让她从小就感染一些陈先生的文气，尽管她现在还只懂得玩泥沙。而对他自己而言，也特别喜欢陈先生的“留命任教加白眼，著书惟剩颂红妆”的感慨遥深，这可以滤去自己身上的喧嚣与浮华。问及封条，年轻的父亲说，可能是要重新修葺陈先生的故居了罢。不过，他希望修葺后的陈先生故居，还能保持眼前这一份陈旧与清冷，因为这一份清冷，正是陈先生当年真实的生活与气节的写照。而领略先生的风采，自有先生的著作在，有先生的精神在，有先生的传统在，故居清冷，有何碍哉！年轻的父亲一面说，一面双目望向故居前那条曲折的白色小路，似遥遥地回望半个多世纪前那一段已经宁静下来的历史。

陆键东在《陈寅恪的最后二十年》里对陈寅恪故居有这样的描写："一栋红色小楼，两层，前后都是大草坪，周围都是参天大树，青绿，幽静，特别适合休养，现已被保护起来，旁边有说明。"读着这么清淡的介绍，再抬头看看天空，每一缕透过大树的阳光，都带有了一份敬仰。虽然风流已被雨打风吹去，但先生那独立自由的精神，却像初春的阳光，亲切地抚慰着世人的心灵。

百年骑楼，似水流年

走在广州古旧的街区，你会惊讶地发现：窄窄的街道两旁，一幢幢房子好像长了脚，被一根根柱子架在半空中。再仔细看，底层的房子似乎都往里掏空了两三米，因而在街左右两旁各形成了一条宽敞的人行走廊。这条走廊，可绵延数百米甚至几千米。这些被柱子架在半空的“长脚”房子，便是广州最有特色的近代建筑之一——骑楼。

“骑楼”的字面解释是“骑在公共人行道上的楼房”。广州最早的叫法是“有脚骑楼”，后来简称为“骑楼”。被骑的公共人行道被称为“骑楼底”。“有脚骑楼”组成的街区，就叫“骑楼街区”。

骑楼之于广州，就像四合院之于北京，小洋楼之于上海，是一个城市的符号和印记。这些骑楼宜居宜商，其特点是把门廊扩大串通成沿街廊道，从而形成骑楼街，可以避风雨、防日晒，特别适合岭南的亚热带气候。

如今，经历了将近一个世纪的风风雨雨，这些骑楼仍然鲜活地存在于广州人的现实生活中。在荔湾、越秀等老城区，骑楼仍处处可见。游走在那些骑楼街巷，便沉溺进了广州古老而深邃的似水流年里。

欧风美雨与实用主义

骑楼在广州的出现，并不算太久远。最早是从 20 世纪 20 年代开始的，还不过百年。但这不过百年的骑楼，为什么却深受广州人的宠爱呢？说起来，这与骑楼所具有的“欧风美雨”特色，以及它极其符合广州人的“实用主义”生活哲学有关。

广州濒临南海，邻近香港和澳门，是一座较早接受外来文化、跨入近代化进程的城市，在很多方面都深受外来文化的影响，建筑风格上也体现得十分鲜明。比如说——骑楼。鸦片战争后，欧州敞廊式建筑风格传入广州，与广州传统的飘檐式建筑相结合，演变成为轻巧通透的骑楼。骑楼堪称是广州人将西洋建筑风格和岭南建筑传统完美结合的产物，是典型的既取法“欧风美雨”，又坚持“中西合璧”的建筑。

广东旅游局发布的资料在骑楼前面加上了“商业”两个字。因为，在当时，这种修在公共场所的敞廊式商业建筑的产生与古希腊商业发达和气候炎热多雨密切相关。敞廊能为顾客和行人提供遮阳挡雨的方便，提供良好的步行环境，适应商业的需要。而广州属于亚热带气候，和希腊气候非常接近，既潮湿多雨，又炎热高温。另外，广州是一个非常讲究实用主义的城市，广州人有着一种根深蒂固的生活智慧——那就是务实赚钱。广州人对于自己的城市在别人的评价中是否有品位，并不那么在乎。他们在乎的是很实际的事情，因此他们有一句口头禅："不过是为了赚钱。"广州人在商言商，在这种实用主义的生活哲学引领下，以灵活务实的精神把外国敞廊式的商业建筑桥廊，演变成了广州独特的商住两用、具有了一种平易近人的市井气质和浓郁生活气息的骑楼建筑。

这些洋溢着市井味道的骑楼建筑，多数为 2~4 层的砖木混合结构。底层前部为骑楼柱廊，向街敞开，柱距是 4 米，进深是 4 米，净高是 5~6 米，形成自由步行的长廊，与商店、茶楼、酒家、旅馆、戏院等相连。而后部则是工场、货仓、生活用房等，楼上用作民居，商宅结合，亦市亦居。骑楼首层，可避风雨，防日晒，方便行走和购物；骑楼下连续的商业长廊可以装饰各种橱窗，陈列商品和招徕顾客；骑楼楼上的采光设计和通风效果俱佳，与地面保持一定距离则可以减少广州霉雨天气带来的"湿气"，适宜居住。由于骑楼是居住、经商结合的场所，还为路人遮阳避雨，所以广州人赋予了它一个美名——"风雨廊"。广州人喜欢这样赞叹骑楼："落雨，无有洗惊（不用担心），有骑楼；出太阳，无有洗惊，有骑楼。"

骑楼这个务实的"风雨廊"，既方便商家，也方便市民，因此深得广州人的喜爱。20 世纪初，当时的广州政府开始推进“都市改造运动”，大力推动建筑骑楼，并制定了相关的兴建骑楼的法规。1912 年，广州市政府颁布了《取缔建筑章程及施行细节》，其中有一项规定:“凡堤岸及各马路建造屋铺，均应在自置私地内，留宽八尺建造有脚骑楼，以利交通之用……”并且,“骑楼两旁不设用板壁竹笪等类，遮断及摆卖什物阻碍行人”。依此条文，建造“有脚骑楼”，是沿路建房者应尽的义务，而且骑楼下面是公共通道，不能私自占用。1918 年，市政府还对骑楼的材料、形式、施工、构造等细节，进一步作了规定。于是，骑楼开始在广州城里如雨后春笋般涌现。当时，主要的商业街道几乎都采用这种骑楼建筑形式。

一栋栋的骑楼建筑并肩联立而建，形成了连续的骑楼柱廊和沿街建筑立面，也就是骑楼街。到 1937 年，当时广州市区内骑楼街路段共有 36 条，总长 20 多千米，集中于 10 多平方千米的范围内，其中最著名的，也是骑楼最集中的街道有：上下九路、第十甫路、中山路等。好睇好用的骑楼街，一时风靡全城，形成了广州街景的主格局。

时髦的洋式店面，古典的中式情调

广州骑楼是深受“欧风美雨”影响的产物，所以，在整体建筑的装饰上，也呈现出很浓郁的西化风格。临街立面的处理上多为西式造型或中西结合。比如：由一块块细小的彩色玻璃组合而成的满洲窗，是中式建筑的特色；而楼顶的山花、女儿墙和楼身上的欧式小阳台，则是西方古建筑特有的元素。满洲窗与山花、女儿墙、欧式小阳台相结合，形成了颇为时髦的“洋式店面”。

在广州，每座骑楼建筑的楼顶，都可以看到山花和女儿墙。山花是立面上一种缓坡的三角形山墙的花饰，有意设计成曲线和半圆形。骑楼建筑中的山花，成为屋顶的重点装饰部分，有些是极具现代感的直线条形；有些加入西方柱饰，带有欧洲风格；有些则在上面雕塑各式各样的图案。山花两边的矮墙便是女儿墙，又称“压檐墙”，出现在天台边缘以及檐口以上的位置，圆的、方的、弧线形等都有。

因为骑楼都是由屋主自行建筑设计的，所以，早期的骑楼设计建造者大都并不是职业建筑师，而是普普通通的工匠。他们刚开始建造骑楼时流行“拿来主义”，理解的只是表面的装饰和构造，模仿出来的建筑样式，往往也还显得生硬。但聪明的广州人总是善于掩饰不足，善于在陌生的外来文化上添加自己的传统。例如，有的在廊道天花板上，吊装一个流行于民国时期的老灯；有的则在钢筋水泥的欧式建筑上安装满州窗，透出一种幽远神秘的韵味；有的楼顶，还采用多重瓦檐，使用青色琉璃筒瓦，建起四角翘起的凉亭子；等等。

至于骑楼的墙面装饰，那就更千姿百态了。建筑细部的檐口下、窗眉、窗台下以及门套等部位，都巧妙地装饰着花饰，其图案样式有岭南特色的佳果、吉祥纹饰以及具有中国古典卷草情调的图案。我曾经在第十甫路看到过老字号“陶陶居”酒楼墙面上不仅装饰了满洲窗，而且还刻了很多色彩缤纷的浮雕图案，有《牡丹亭》《西厢记》《贵妃醉酒》《八仙过海》《白蛇传》《穆桂英挂帅》《张飞战马超》等，恍惚就像在欣赏一幕幕流动中的中国传统戏曲，有一种穿越时空之感。

正是工匠们对西方建筑创造性的模仿和大胆的改良，成就了广州骑楼活泼而有特色的建筑风格，并被中西合璧成了仿哥特式、古罗马卷廊式、仿巴洛克式、现代式、中国传统式和南洋式六种典型骑楼风格。

其中，南洋式骑楼，也非常有特定的时代感。“下南洋”曾经是广东非常流行的一个语汇，说的是广东人去新加坡、马来西亚等南亚、东南亚国家谋生计。他们很多人回乡后，又把南洋文化的特征带了过来，南洋骑楼是其中可见的最直接的影响。南洋式骑楼一般在屋顶的女儿墙上开有一个或多个圆形或其他形状的洞口，为的是减少沿海台风对建筑物的冲击。

“骑”在传统与现代之间

广州有句俗谚：“东山少爷，西关小姐。”意思是说，东山是权门显宦的聚居地，出入的多是官家子弟；而西关是商业繁华区，出身富商之家的小姐，花飞蝶舞，娉婷过市。而有意思的是，对广州骑楼，人们也喜欢划分为两个典型的流派：西关骑楼和东山骑楼。

西关骑楼是早期骑楼的代表，外观上追求山花、罗马柱、卷曲花纹、中式清水砖，窗户多为满洲窗等繁复的装饰元素；而东山骑楼形成年代较西关骑楼稍迟，往往舍弃复杂的符号化装饰，趋于现代和简洁，如线条烦琐的罗马柱变为简单的方柱、圆柱，细石米墙代替了西关那些早期的清水砖墙，几何图案增多而卷曲图案减少等。

每当走在东山骑楼下，看见那些简洁明朗的西方现代主义情调，仿佛就见着了那些俊朗的官家子弟，正在上演着：一杯红茶、一个壁炉、一栋洋房、一个侨归东山少爷的典型生活；而每当走在西关上下九、第十甫路等的骑楼下，望着那纷繁琐细的满洲窗，就会想到纤弱娇媚、华丽精巧、甜腻温柔的一个西关美人，正在上演着：一盆兰花、一笼画眉、一手厨艺、一个地道西关小姐的精致态度。

对于地道的广州人来说，他们更喜欢西关骑楼的古意。尤其是老西关恩宁路段的一些骑楼，更是原汁原味，粗大的梁柱，长长的吊扇，铺满阶砖的路面。这里的人们仍然习惯在骑楼的廊柱之间，拉起一根长长的铁线晾晒衣服，推着自行车进出的大伯操一口正宗的白话跟熟人打招呼。小店里的大妈则叮嘱正在玩耍的孩子们："要行骑楼啊！"因为骑楼不怕高空落物，不怕车辆冲撞。能向路人提供这么一份安全感的，没有什么建筑比得上骑楼了。

只是，从 20 世纪 40 年代初，当时的广州市政府颁令规定：部分马路人行道必须用于绿化，禁建骑楼。此后开辟的马路中也不再推动骑楼政策，骑楼开始出现衰落的迹象。到 20 世纪 90 年代开始，骑楼遭受了更大危机，成为建设阻碍，开始被拆迁。骑楼成了一种“骑”在传统与现代之间的尴尬建筑。

但广州市民对给他们遮风避雨的骑楼，一直情感深厚。而这一份深厚之情，也让一直徘徊在拆迁还是保留之间的骑楼，不仅得以保全，还焕发出了新的生命力。从 2002 年开始，广州对很多骑楼进行整体装饰，比如，对人民路、上下九至龙津西路连成一整体的骑楼街进行整修，形成了一条长逾两千米的完整的“骑楼通道”等。如今，广州很多骑楼已脱胎换骨，已经“花”得很现代了，柱廊里贴上了很多大牌明星的海报，骑楼街上还摆上了供人小憩的雕花凳子……

有空有闲的日子，到骑楼街走走，早已经成了广州人的一种习惯。走在骑楼街，想想那些远去的西关小姐与东山阔少，只觉得眼前的花骑楼，不仅“花”得富足，而且“花”得时尚亮丽。

在白云山，文艺地发呆

在广州，如果要找个地方发呆，你会选择去哪里？——白云山上呀！

白云山不是爬山、健身的地方吗？会适合发呆？

的确，在一般人眼里，聚拢着30多个山峰的白云山，是健身锻炼的最好去处。事实上，每到周末，呼朋唤友齐登白云山，也已经成为很多广州人的固定生活节目。

我爬白云山已有20多年，算得上是“白云山达人”了，又恰巧还有那么一些文艺因子，我觉得在白云山上，有4个地方特别适合发呆，而且，这种发呆，绝对可以很文艺范儿！

苏东坡式发呆：做月溪书院的一介文雅书生

牛岭草坪北侧的“月溪书院”，低矮的木门，青翠的院子，绿树掩映，修篁幽幽。一条石板路从院子中间穿过。路旁放着形状各异的藤椅，一人、数人，或坐、或卧、或促膝谈心，都能文艺得贴切细致。

藤椅正对的是“听月庐”。“听月庐”造型古朴，门前经常长满青苔，两边灰砖墙上镶嵌着古铜色的瓦片，门上镂刻有连琐图案，活脱脱“月桥花院，琐窗朱户，只有春知处”的意境。门框两侧，悬一副对联——“七八月时无暑气，二三更后有书声。”

闲坐藤椅，静听书声——十足文人最喜爱的发呆方式。您知道吗？就连“月溪书院”这名字，也与大文豪苏东坡有关呢。

《光绪·广州府志》载，“月溪寺在白云山左，宋太尉苏绍箕建。前有文昌庵，下有月池”。苏绍箕，苏东坡第三子苏迨的长子，去世后葬“月溪寺”后山，即今摩星岭正门附近的苏家山胜迹。明朝，地方政府曾将“月溪寺”改为“月溪书院”。明末，又改名为“碧江苏氏山祠”。抗日战争期间，山祠尽毁，原址现已改建为山庄旅社。

如今，牛岭草坪北侧新修的“月溪书院”，正是借用已有近千年历史的苏家山胜景的深厚文脉。来到这里的我们，不妨一傍苏门，来一场苏东坡式的发呆——尽显古典文雅的书生意气。

沿着石板路往前，过一窄桥，苇草依依，流水潺潺，又见很文艺的藤椅。特别喜欢酷似草编的那张，坐一坐，呆呆地望向前面一丛丛艳丽的红花银桦，聆听着书院学子们缓缓的读书声，再缓缓地发呆——当然很书生！很文艺！

普鲁斯特式发呆：在孖髻岭天马行空品味似水年华

普鲁斯特式发呆，是一种《追忆似水年华》的发呆：天马行空，用追忆的目光，细细记录逝去的时光，颇有穿越之慨。

白云山北麓的孖髻岭，是整座白云山最具时光穿梭感的一道美妙风景。此处，山不高，但四周陡峭，唯中心相邻两座较为平坦的山头相对而望。远看，酷似女子头上所梳的两个发髻，因此得名孖髻岭（孖，粤语方言，双的意思）。两个山岭上各一小亭，有梯级相连。站在梯级相连处，往左边望，可以俯瞰京溪、同和等广州东北部风光，甚至可以侧眺中信广场、广州塔等一派高楼大厦的都市风光；往右边望，则是开阔旷远的山野森林风光：群山绵绵，森林密密，绿浪排山倒海地扑过来。

或站或坐，在孖髻岭，呆呆地，从左往右看，再从右往左看。游离的眼神，从城市穿越到森林，再从森林穿越回城市，感觉如梦幻般独立山顶，天地之间似乎只剩下自己一人了。就这样，任山风吹拂，任山雾把自己重重包围，眼中透露着复杂难懂的情愫，连自己都无法读懂自己。

在时光穿梭般的孖髻岭风光里，人总是处于梦境般的闪幻之中。千思百想集于心头，追忆往昔，于似水年华中，来一场天马行空的发呆。这真是一种很 high 的普鲁斯特式的发呆呢。

安徒生式发呆：在桃花涧花亭，当一回童话公主

桃花涧位于明珠楼景区，是以东晋陶渊明的《桃花源记》为主线构思的写意园林：一道浅浅的山泉水从山坡上倾泻而来，形成一级级小水潭；沿着山坡和水潭边，遍植桃树，每年二三月

份，桃花密密层层地绽放。

满园桃花灿若霞，桃花涧里笑声盈。这样的闹景，也能文艺地发呆？当然可以！比如，你可以站在桃花涧的篱笆墙外，远远观望别人如何地拥挤喧嚣，而篱笆墙外的你却淡定自如。这是不是挺文艺挺有趣？

当然，最文艺、最有趣的，还是要等到4月初。桃花落尽，逐花的游人亦已散尽。此时，桃花涧静悄悄的，只有两三个长满炮仗花的小亭子，此时却醒目地突显在眼前。

其中，有一个炮仗花亭，就靠近涧边，涧水清清，叮咚作响。炮仗花连绵不断地倾泻下来，整个亭子犹如童话世界里的花房，像极了公主、王子们所居住的漂亮房子。安徒生笔下的公主、王子们大都很受宠，有的是时间去发呆。

那么，不妨去炮仗花亭做一回童话公主、童话王子吧！亭内，有宽宽的木板凳，可以随便地或坐或躺，懒散至极，美美地发呆去。

这个炮仗花亭还有个很好听的名字——怡春亭。亭柱上，悬对联一副：“红萼生辉迎晓日，绿枝摇曳笑春风。”炮仗花还没开花时，绿绿的枝蔓爬满亭子，就像一层层茸茸的绿帘，摇摇曳曳，满目绿意泼洒；等到开花时节，炮仗花橙红一片，轰轰烈烈，整个亭子熠熠生辉。置身这样的春景，发发安徒生式的童话呆，真是十二分的怡人！

卞之琳式发呆：在黄婆洞水库呆呆地“看风景”

“你站在桥上看风景，看风景的人在楼上看你”——这是“新月派”诗人卞之琳所写的《断章》。

“你看风景”“看风景人看你”，构成了一幕戏剧性的场景。这样的发呆，当然也是有趣得紧。

白云山上，能发卞之琳式“看风景”与“看人”之呆的，并且最壮观最耐得住时间流逝的，莫过于黄婆洞水库。

黄婆洞水库，湖面开阔，三面环山，四周万木苍翠，绿意满怀。此处通常比较安静，而来这里的人通常是为了钓鱼发呆。沿着长长弯弯的堤坝，甩向水库的是满登登的鱼竿，愣在堤坝边沿的，则是满登登的时而发亮时而发呆的眼睛。

据说，水库中出产一种叫白云金丝的小鱼，仅一寸半长，头部有一段黄色彩纹贯通到尾部，尾鳍有鲜红斑点，十分美丽奇特。为了钓到这种奇特的鱼，于是，愣在堤坝的一双双垂钓者的眼睛，发呆的时间就越来越长。

还有一群“自己没有钓鱼的心情，却有看别人钓鱼的心情”的发烧友。因此，愣在堤坝边沿的那一排时而发亮时而发呆的眼睛背后，长长的堤坝上又有另一排时而发亮时而发呆的眼睛。这两排发呆的眼睛，非常的卞之琳式——你在堤坝边沿钓鱼，站成风景；看风景的人又在堤坝上面看你，站成另一道风景。

广府风情打卡地

让城市留下记忆，让人们记住乡愁！这是刻在永庆坊涌边白墙上的一句话。

永庆坊坐落在最具广味的荔湾区恩宁路，这是一个极具广州都市人文底蕴的西关旧址地域。岭南文化看广府，广府文化看西关。地处西关的永庆坊，大街小巷里弥漫着浓郁的广府文化气息，处处可见属于广州人的“乡愁”与“记忆”：骑楼、麻石街、西关大屋、李小龙祖居、粤剧粤曲、八和会馆、广彩广绣……

穿过永庆坊牌坊，是一条长长的麻石街巷道。麻石街，在广州是一种古老的存在，也是老广州人的一种集体回忆。旧时，广州的大街小巷都是用麻石铺成，因为广州在民国前，河涌从居民区流过，内街遍布排水渠，在渠面上铺花岗石板才方便行走。所以，很多老广州人一说起老街，都有一种满满的麻石街的情怀。

如今，随着城市发展，广州的麻石街已经越来越少。此时此刻，走在大麻石铺陈的永庆大街，弯弯绕绕而去，悠悠的古韵自然氤氲而来。

享誉世界的“功夫之王”李小龙，无疑是刻在广州街坊心中的一个鲜亮“记忆”。记得2016年永庆坊一期开放时，穿过牌坊，我便急着打听李小龙祖居。想不到同道中人很多，张口一问，几乎人人都知道。沿着麻石路，往左一拐，不费半点功夫，我就找到了永庆一巷13号“李小龙祖居”。该祖居为李小龙的父亲李海泉的居所，李海泉是粤剧一代名伶，20世纪40年代名列粤剧“四大名丑”。

祖居在巷子尽头，门前绿竹悠悠，竖着李小龙和父亲正在过招的铜像，铜像后的青砖墙上写着“每一种文明都延续着一个国家和民族的精神血脉”，顿时让人热血沸腾。门上有副对联“凛冽虎威传永庆，风华粤韵绕西关”，盛赞李小龙的“虎威”，传遍“永庆”传遍“西关”，至今让人传诵。

推开趟拢门，屋内正在展出“李小龙祖居特展”，除了有“李氏家族”“少年得志”“功夫巨星”等历史资料内容的呈现外，还融合了不少现代科技手段来提升参观的感观体验。比如，“武学天才”展厅内的3D全息投影动态，将李小龙的一招一式悉数还原，可以让参观者与李小龙来进行“隔空交流”。印象很深的是一个胶片展厅，墙四周和头顶上都是李小龙的一部部电影海报，灯光投射下，让我感觉一张张电影海报都在晃动着，李小龙的往昔“虎威”，似乎随着一声声“啊哒”，正虎虎生风地破空而来。

西关大屋，是广州西关人家的经典“记忆”与“乡愁”。西关，是老广州人对市中心荔湾核心区一带的称呼，古时位于广州城的西门口，故俗称“西关”。西关大屋，则因位居“西关”而得名。李小龙祖居保留着很典型的西关大屋的建筑风格：青砖石脚、趟拢门、木楼梯、雕花窗、雕花大梁、彩色雕花玻璃屏风、金漆、彩塑等，颇具西关大户人家的气派。青砖墙上还挂有“大门——岭南风情的三件头门楣”“正厅——西关大屋的权威高地”“天井——家族气韵的方正聚财福地”等牌子，图文并茂，让人一目了然地读懂西关大屋的民俗与风范。

从西关大屋出来，忽听得一串粤语叫卖声：“鸡公榄，有咸有甜又有辣！”鸡公榄，是广州的一种地道小零嘴。卖榄的人身上套着一只色彩缤纷的纸扎大公鸡模型，吹着唢呐，穿街过巷，一边叫卖橄榄，一边用唢呐摹拟着公鸡的叫声“嘀嘀嗒、嘀嘀嗒、嘀嘀嗒、嘀嘀嗒”。因此，广州人称之为“鸡公榄”。一面吃着鸡公榄，一面继续寻“粤剧艺术博物馆”而去，广府记忆与广府乡愁，真正油然而生。

粤剧，被誉为“南国红豆”，以粤方言演唱，这绝对是占据老广州人心灵最深处的“乡愁”和“记忆”。粤剧艺术博物馆位于永庆坊恩宁路 127 号，展示了“南国红豆”的前世今生，再现了“粤韵佳音”的风彩华章。馆里还有临池而建的戏台，可惜无缘在现场一睹粤剧名伶的风采。不过，馆里一个小剧场，放着几排凳子，大银幕里滚动播放着有关粤剧的唱念做打、化妆等细枝末节。我印象最深的是盘发和化妆，头发一层一层地贴，脸部一层一层地涂，从头和脸开始，都需要如此专业和细致。

展览上看到的“私伙局”，也让我印象深刻。“私伙局”是指由粤剧票友们自发组织的民间演出团体。至今，仍有上千个“私伙局”扎根于广州和广府各地。我曾经去过很活跃的白云区“私伙局”，看到唱粤曲、粤剧的大都是些上了年纪的人，年轻的身影几乎没几个。不可避免地，随着生活节奏的不断加快，余音缭绕的粤剧，有点寂寞了，渐渐成为老广人的挥不去忘不了的一种地地道道的“乡愁”。

走马观花看一通粤剧的“前世今生”，再拐进博物馆里的一家小店，一眼看到店里的文化衫，让我对这个粤剧艺术博物馆的好感度迅速攀升。白色文化衫上分别印着粤剧行当“生旦净末丑”中的一个字，惊艳之处在于下面搭配的一行字。“生”搭配“大个仔要生性嘀喇”（长大了就要懂事了），“旦”搭配“可以是旦唔好求其”（可以不过分讲究，但不能不靠谱），“净”搭配“净是钟意你”（只是喜欢你）；“末”搭配“末了，我仲有你”（最后，我还有你），“丑”搭配“唔使怕丑喇”（不用害羞），既有粤剧角色，又很有广州粤语方言特色，创意超酷，招人喜爱。好多年轻人看了，都笑了起来，一边笑一边互相调侃，“唔使怕丑喇”“净是钟意你”……不知这青春的欢声笑语里，在将来是否会有其中一朵成为真正的“南国红豆”？

但老西关永庆坊的青春气韵与蓬勃亮丽却随处可见。

曾经在岁月沧桑中有些破败的恩宁路骑楼，经过“修旧如旧”，已变身为广州最美的骑楼街。骑楼街上，开设了“非遗文创一条街”，这是广州首个非遗街区，醒狮、广彩、广绣、珐琅、榄雕、牙雕、古琴、饼印、箫笛等非物质文化遗产传承人在此开办工作室，既展示传统工艺，又推出蕴含传统文化以及有趣实用的非遗文创产品。非遗文创一条街，“见人见物见生活”，活化了骑楼，活化了广州的城市文化记忆。

民国红砖小洋楼，装饰上了落地玻璃窗，英文、古诗词等涂满玻璃窗，传统与现代，广州与世界，在钟书阁书店里互相碰撞与交融。钟书阁内两边墙，全采用广州骑楼风格装饰，更是让人眼前一亮。骑楼下有凳子，骑楼墙壁上还挂有恩宁路骑楼的老照片，人坐在凳子上翻书看书，颇有一种穿越岁月的宁静之感。

在原有街坊里弄的城市肌理上，永庆坊不仅保留了“原汁原味”的西关老城风貌，同时还为老广们的“乡愁”与“记忆”注入了新鲜和时尚的元素，打造出了一幅“老城区，新活力”的别致广府风情图：巷道两边，既有阿婆牛杂、银记肠粉、恩宁刘福记等经典本土老字号，也有太哼冰室、今崎烧（日式寿喜烧）等各地各国优质餐饮；你可以在麻石街巷“朝叹晚蒲”，“朝叹”慢生活，夜蒲新节奏（夜街，派对）；你也可以在“一桌广州”旧物仓，看广州风物，品“速写荔湾　越在地越美丽”之类的广式沙龙；你还可以在“乡愁广场”，赏“粤剧嘉年华”，观竹艺装置展，听悠长的卖橄榄唢呐声……

传统与新潮混搭，古典与现代兼容，怀旧与潮流并蓄，让古老的永庆坊，活力四射，青春飞扬，成为“老城市新活力”的地标性都市新名片，成为品味广府风情的“打卡胜地”。一年四季，慕名而来的人络绎不绝。

每次去永庆坊，闲逛一圈后，我都喜欢走进荔湾润莲板凳糖水铺。这个糖水铺，绕着大榕树，撑起一把把时尚的乳白色大伞，伞下放着木桌子、木板凳。这些木桌子、木板凳，有长条形有方形，小巧，低矮，还可折叠。榕树旁竖着一块牌子“首创榕树下板凳糖水”。每次看到这个牌子，我都忍不住莞尔一笑，坐下来，点上一碗萝卜牛杂、一碟清爽马蹄糕、一碗黑芝麻糊汤圆、一碗泥酱猪肠粉等地道广式风味小吃。

坐在大榕树下的古旧木板凳上，一边吃着广式小吃，一边透过乳白色大伞，观望永庆坊街巷，只觉得，这幅广府风情图，既久远，又年轻。

第二辑 >>

一汤 氤氲 市井味

YITANG

YINYUN

SHIJINGWEI

一盅两件，叹茶！

风靡世界的英国下午茶，恰如一首英国民谣所唱:“当时钟敲响下午四时，世上的一切瞬间为茶而停。”而广州的早茶，也可套用这首民谣:“当时钟敲响凌晨四时，世上的一切瞬间为早茶而开始。”

饮早茶是广州人的一种日常生活习俗。一直以来，广州人眼中幸福的日子，每天都是从“饮早茶”的时光开始。

广州人所说的饮早茶，并不是坐在家里喝茶，而是指上茶楼。正宗的广州早茶，凌晨 4 点半即开市，至上午 11 点多才结束。现在也有一些茶楼，特别为工薪阶层着想，9 点之后开市，这样早茶一直可以喝到中午。广州市民们早上见面打招呼，往往就是问一句“饮咗茶未？”（喝过茶了没有）以此作为问候早安的俗常方式。至于日常的相互闲聊，也绝对离不开早茶，“得闲一齐饮早茶”（有时间一起去喝早茶）；“边度饮早茶便靓正嘎”（哪间酒楼的早茶早点既便宜又好看又正宗呀）；“呢排发啦，几时请饮早茶呀？”（近来发财了吧！什么时候请喝早茶呀？）……

在广州，饮早茶是一种全民性的生活方式，消费门槛比较低。茶楼点心一般设六个等级：小点、中点、大点、特点、超点、顶点。小点一般四五元，超点要十几元。广州人上茶楼，不仅饮茶：红茶、绿茶、普洱茶、乌龙茶、花茶、元宝茶，还吃各种丰富多彩的点心：叉烧包、水晶包、虾仁小笼包、蟹粉小笼包、排骨、凤爪、鹅肠、肚片、各类干蒸、烧卖、酥饼，还有艇仔粥、及第粥、鱼片粥、猪肠粉、虾仁粉等，不一而足。

当然，广州的茶楼大多建筑富丽堂皇，服务高端大气，因此，广州人但凡亲友聚会、洽谈生意、业余消遣等，都乐于呼朋引伴上茶楼。情趣性、休闲性、交际性和经济性共同构成了广州人“饮早茶”的五光十色的主题。一壶酽茶，几款美点，三三两两聚在一起，边吃边谈，既填饱了肚子、联络了感情，又交流了信息，甚至谈成了一桩桩生意，实在是一件惬意得很的事情。

正因为如此，广州人把饮早茶又称为“叹茶”。“叹”是广州俗语，为享受之意。广州街头，至今仍广泛流传着“叹一盅两件”（即享受一盅香茶、两件点心之意）的口头禅。而如果有外地朋友来到广州，作为主人的广州人少不了说的一句话，肯定是——天日（明天），请你饮早茶去！

曾经，我所工作的《信息时报》策划过一个“寻找广州孝子”的专题活动，其中，“60岁孝子天天背老母喝早茶”的传奇孝子故事，深深地触动了广州人的心。每天早上，家住白云区三元里的李兆贵便推出单车，送母亲到指定的酒楼喝早茶。老母亲已83岁，心肺功能不好，走不了远路，爬不了楼，但一辈子就喜欢喝个早茶。而市区的旧式茶楼一般都开在二楼以上，并没有安装电梯，于是，李兆贵便每天背着母亲上楼去喝早茶。母亲当然也心疼儿子，毕竟儿子也是60岁的人了，“要上楼的酒楼，我们就不去了！”老母亲总会这样说，而儿子也总会这样答：“我这个岁数更要多锻炼，背你上楼就是最好的锻炼方式。”于是，在三元里一带的酒楼，提起李兆贵的名字，也许知道的人并不多，可如果要找那个每天背着老母亲来喝早茶的人，大家一定会知道是谁。

而就我个人而言，对广州早茶的印象，却是从一个颇生猛的词——“霸位”开始的。

20世纪80年代中后期，我刚来到广州读大学。有一天，去探访退休后长期家居广州的舅舅。舅舅一见到我，才说了一些祝贺我考上大学之类的话，就飞出一句：“明天，舅舅请你饮早茶去。”

第二天一大早，舅舅就来敲门催我赶快起床。我一看手表，都还没到凌晨四点呢。我睡眼蒙胧地爬起来，嘟囔着问：“为啥要那么早去饮早茶呀？”舅舅朗朗地答道：“霸位去！”

一个豪气的“霸”字，立刻把睡眼蒙眬的我“震”醒了。

我跟着舅舅穿街走巷，一路上也碰到了好些老头老太，舅舅和他们都很熟络，呵呵地打着招呼。到了莲香楼，好家伙，茶楼还没开门呢，等候“霸位”的队伍却在门口排了一长串。排队的一溜都是老头老太。我感叹说：要饮早茶，还真累人呀。舅舅说：广州有句谚语——清晨一壶茶，不用找医家！所以，正宗的广州人，尤其是老年人，一天不饮早茶，就会满身不舒服的。

一会儿，茶楼开门了。舅舅领我到窗前一张小方桌坐下，我抬眼一望，泡茶的水还未烧开呢。茶楼里，老头老太们悠悠然然的，有的人摊开报纸，有的人拧开了小小的收音机，听着“依呀呀”的婉转粤曲，有的人则交头接耳地聊天。舅舅乐呵呵地对我说，他每天饮早茶都喜欢到这间茶楼，坐在这个熟悉的位置，见到熟悉的朋友。话未说完，旁边的老头老太们和舅舅闲聊了起来，话题挺家长里短的，感觉很温馨。

这下，我终于明白舅舅说的“霸位”的准确含义了：原来真正的老广州茶客，每天清早必到一间固定的茶楼，甚至固定的座位，一边饮茶，一边和熟悉的朋友见见面，聊聊天。广州人就在“饮早茶”的时光里，以在茶楼闲聊的方式，拉开了每天世俗气息颇重的悠闲日子的序幕。

说来，广州早茶的起源，也正是与闲聊有关。在清咸丰、同治年间，当时广州街边巷口有一种名为“二厘馆”的小店，设施简陋，仅有几张木桌几个木凳迎客，门口挂一个木牌子，写着

“茶话”两字，实际就是一个为客人提供歇脚叙谈的地方。“二厘馆”供应茶水，每次茶费仅二厘（当时 1 毫钱等于 72 厘），除了喝茶，还有花生、糕点之类的廉价小吃。拉车扛包的苦力们，都非常喜欢到价廉的“二厘馆”歇脚，当时有首民谣这样唱道：“去二厘馆饮餐茶，茶银二厘不多花。糕饼样样都抵食，最能顶肚不花假。”

之后，出现了大一些的茶居，但消费依然很低廉，茶客也多是做苦力的人。他们劳累一天，倦缩了一夜，借此茶居寻求片刻的喘息，大家聚集在茶居，了解一下市道行情，发发牢骚。那种盛况，就像民俗专家曾应枫在《俗话广州》所写的那样：“从前早上四五点钟，茶居大门一开，工友们蜂拥而入，一两千个座位，十来分钟便座无虚席。茶友们像约好似的，天天就坐在固定的座位上，只要谁一缺席，就互相打探，看看发生了什么意外事情。”

再后来，规模渐大，一些堂皇体面的茶楼在广州兴起，但消费始终还是大众化。此时，除了做苦力的劳动者，一些豪商巨富、达官贵人，也借饮早茶乘机打探行情，建立关系。那时没有电视和收音机，信息的交流、新闻的传播，以及叙说友情、洽谈生意大多在茶楼。人们在饮早茶的过程中，追求一种情趣，感受一种休闲，找寻一刻放松，顺便获得更多交流，扩展自己的交际圈；甚至可以说，饮早茶，实际上已成为广州人一种社会交际的独特方式。于是，这种既具有独特文化内涵，同时又让人感到非常从容自在的饮早茶，日渐风靡全城，成为广州人的一种日常习俗。

除了早茶，广州还有午茶、晚茶，但是，午茶、晚茶与早茶相比，始终少了一种人间的烟火气，太静，缺乏一种温热贴心的氛围，所以，传统的广州人喝午茶、晚茶，很少全家出动的，但饮早茶，却历来是一家人最喜欢一起度过的“美食好光阴”。

这样的早茶光阴，“闹”得其乐融融的，一家大小围坐一桌，杯杯碟碟，家长里短；煎点心的平底锅设在大厅里，发出吱吱声响；生滚粥的灶台也设在大厅一侧，飘出浓浓清香。店堂里有服务员推着点心车四处走动，车上放着装有各色点心和风味小吃的小碟，小车到了跟前，大人孩子，东瞄瞄，西瞧瞧，选上自己所爱的那一碟，喜悦地开吃。吃完这一轮挑选的美味，如果还没吃够，可以等服务员转过来时，再挑选一轮。总之，要叹爽为止。

周末，一家大小，一顿早茶叹完，上一周的日子才算完美谢幕，同时也预示着下一周的美好日子即将开始。

白云猪手，销魂妙『手』

“周末准备去哪里玩？”

“爬白云山。你呢？”

“也爬白云山去！”

“好，明天白云山上见。”

每到周末，这是广州人最普通不过的一段唠嗑了。

广州白云山为南粤名山，自古有“羊城第一秀”之称。白云山聚拢着 30 多个山峰，山体宽阔，总面积 20 余平方千米。宋代以来的羊城八景，白云山就占多处。在清代，白云山距广州市区还有 15 里之遥，今天，白云山已自然地融入城市中，成为调节广州生态环境的“天然大氧吧”，并被喻为广州“市肺”，其中“云山叠翠”还名列新世纪“羊城八景”之首。在繁华闹市中拥有一座充满自然生机又与人如此亲近的山峦，白云山理所当然地成为广州市民休闲健身的好去处。每到周末，呼朋唤友，扶老携幼去攀登白云山，已经成为很多广州人的固定生活节目。

我爬白云山，算来也有二十来个年头了。最初是和很要好的两家朋友一起爬。我们三家人居住在广州不同的街区，工作忙碌，平常连面也见不着，但每到周末，三家大人都会相约带上孩子，从不同的地方奔向白云山。一路上山，会穿过散落在湖光山色和峰峦叠翠间的蒲谷、能仁寺、鸣春谷等一个个引人入胜的景点。三个孩子年龄相仿，经常还带上书本或作业本，一边爬山一边背书，《千字文》《三字经》等经典古文，我儿子都是在白云山上背会的。到了相聚地，孩子们一起玩耍、一起做作业，我们大人则聊聊工作与生活。而后，便是一起在白云山上痛痛快快地吃上一顿。而这一顿，定少不了的就是那道酸酸甜甜白得晶莹剔透的“白云猪手”了。

白云猪手是广州的一道传统名菜，其制作方法是将猪手（前脚）洗净、斩件后，沸水煮至软熟，放到流动的泉水漂洗一天，捞起后再用白醋、白糖、盐一同煮沸，待冷却后再用泉水浸泡数小时后，即可食用。食之觉得皮爽筋脆，肉肥而不腻，带有酸甜味，醒胃可口，食而不厌。这道菜中，用泉水漂洗和浸泡的工序甚为关键，而最考究、最好味的白云猪手就是用白云山九龙泉水浸泡的。据《番禺县志》记载：“九龙泉，相传安期生隐此无泉，有九童子见，须臾泉涌，始知童子盖龙也。又名安期井，泉极甘，烹之有金石气。”九龙泉含有丰富的矿物质，晶莹澄澈，泉甘水滑，用它泡浸肥腻猪手，能解油腻。因泡猪手的泉水取自白云山，故名白云猪手。也因此，白云猪手这道名菜还有一个与白云山相关的有趣历史传说。

相传古时候，白云山有座寺庙，寺庙后有一股清泉，泉水甘甜，长流不息。寺庙有个小和尚，调皮又馋嘴，从小喜欢吃猪肉。出家后，他先打杂、煮饭。有一天，他趁师父外出，偷偷到集市买了些最便宜的猪手，刚下锅煮了一阵。突然，师父回来了，小和尚吓得慌忙将整锅猪手直接倒进寺庙后的清泉坑里。第二天，总算盼到师父又外出了，他到山泉将那些猪手捞上来，却发现了一个奇怪的现象：这些猪手经过泉水的浸泡，不但没有腐臭，反而更白净了。小和尚将猪手放在锅里，再添些糖和白醋一起煲。煲熟后一尝，猪手不肥不腻，又爽又甜，美味可口。小和尚又惊又喜。后来，白云猪手传到民间，人们如法炮制，于是成了广州人非常爱吃的一道历史名菜。

白云猪手做起来工序繁复，尤其是用泉水漂洗与泡制，更不易掌握，因而广州人都喜欢到酒店吃这道菜。现在广州几乎每个酒楼都有白云猪手这道菜式。不过，就我个人而言，还是推荐到白云山上吃。白云山上的餐馆都少不了这道菜，而且价格也不太贵，40 多元一碟。当然，最好的选择是到白云山上九龙泉这个地方吃。道理很简单，因为漂洗和浸泡白云猪手的最好泉水就出自白云山上的九龙泉。在九龙泉品尝白云猪手，就仿佛有了一种身临历史之境的味道。

九龙泉位于白云山山顶公园不远处，原为白云寺内的泉井，古时候这里并没有泉水，后来秦代的安期生在此隐居采药，有一天忽现九个长得白白胖胖的童子在嬉戏，一会儿，九童子化作九条彩龙，腾空而去，就在九童子出现的地方，冒出一个泉眼，泉水奔涌而出。因此安期生把它掏成一井，供人取用，得名“九龙泉”，又叫“安期井”。如今白云寺已毁，唯九龙泉井还留着，但泉眼已封，周围有六角形花岗石井栏，泉旁绕以龙柱护栏，立有“九龙泉”碑。九龙泉井已经没有水，但井边安装了“九龙循环喷水”，上端一个青石大龙头带着 8 个小龙头循环喷水，水从龙头口中喷出，循环于青石花蝶中。

九龙泉边设有餐馆，绿树郁郁葱葱，木桌椅一一摆开。上到九龙泉，先掬一把青石花蝶里的清澈山泉水在手里，洗濯一下爬山爬得热乎乎的脸。而后，点上一碟冰冻的白得透亮、仿佛蒙上了一层晶莹薄纱的白云猪手，听着“九龙循环喷水”的哗哗水声，尽管此水已非泉水，但也可望着九龙泉遗迹，一边想象着当年那个贪吃的小和尚如何手忙脚乱地把猪手扔进泉坑里，一边悠游自在地大口咀嚼着白云猪手，冰凉凉的，一口下去，燥热腾腾的肠胃，被冻得忍不住打个激灵，顿时凉爽无比。

吃白云猪手，最好的季节是在热气腾腾的夏天和初秋，猪手冰冷，肠胃燥热，喉咙冒火，才可以真正享受到这种美食“冰火两重天”的撞击味道。冬天吃白云猪手，猪手是冷的，人的身体也冷冷的，人的味感也偏冷，缺乏了冲撞，自然也就难以品尝到白云猪手冰火撞击的味道了。

九龙泉附近还有青石雕刻而成的九龙壁，是游览的好去处，人流很多，笑语声喧，因此九龙泉餐馆常常爆满。于是，我们三家人便寻了个吃白云猪手的新去处——双溪。

从九龙泉往前走八九百米，即可看到一座古雅院落掩映于绿阴中，这就是双溪别墅。双溪别墅原址“双溪寺”，因有月溪和甘溪两支泉水绕寺而得名。双溪寺在抗战期间被日寇烧毁，1964年才重建为旅舍。门檐上“双溪”二字是朱德元帅手书。1965年周恩来总理、陈毅副总理曾在此下榻。别墅为沿山势修建的三座平房建筑，古朴幽雅，极富岭南园林风格，如今，首座已辟为餐馆。双溪的入门处有个放生池，长满绿草的墙岩上书有“双溪古寺”四个大字。

拾阶而上，进入双溪的庭院深处，有一泉名“五宝泉”。泉眼处筑成五个平面方形井口，呈星状排列，现五宝泉的五个泉眼已封盖上。关于五宝泉也有一个传说：相传双溪建寺时无泉，山民食水困难，仙人见状，托梦于寺中长老，在后山挖井，见五色土即可告成。和尚果真挖开红、黄、蓝、白、黑五层泥土，山泉顿时涌流，泉水清澈甘甜，故有“五宝泉”之称。抗日战争期间，日军火烧白云山，致寺毁泉败。如今泉井之旁，立有清同治庚午年（1870 年）双溪念佛堂信持僧维持所撰《五宝泉记》石碑。

绕着五宝泉，有一条小溪，溪水潺潺。小溪边摆上了许多白色镂空的雕花桌子和凳子。到此就餐的有很多老头老太，一看就是经常爬白云山的“山魅”一族。曾听不少老头老太说过，十三四年前吧，他们曾来“五宝泉”取过泉水，那泉水真是好呀，泡茶晶莹碧透，茶香悠远，煮饭隔几天也不馊，用来泡猪手，那颜色白莹莹的，透亮得很呐！如今，五宝泉封上盖了，但他们还是喜欢经常到这里坐坐，他们说，虽然品不到泉水了，但吃吃白云猪手，泉水的清爽味似乎又回来了，那感觉挺美好呀。

我没有取过也没有喝过五宝泉的水，但甚喜爱双溪。院落掩映在绿阴中，人流稀少，尤其是在庭院深处，几乎听不到什么人声，只听到树上的鸟鸣声，溪水的叮咚声。每次晃进双溪，心情都会瞬间变得特别的闲适。找一桌子坐下，服务员刚问点什么菜？我们三家的大人小孩都不约而同地说：“来一碟白云猪手。”而后，大家互相对眼望望，偷偷发笑，仿佛对嗜好美味的白云猪手有着一种预谋似的快感。

白云猪手一端上桌，三个孩子便毫不客气地大口啃咬起来。有时候，孩子们会一边吃一边说话，说得很有童话的味道：“这白云猪手，好白好白哟，像天上的白云一样。”“不知道漂亮的白雪公主，是不是也长得那么雪白呀？”孩子们一边说，一边嬉笑，快乐地溺进了童话王国里。我们几个大人则喜欢喝点啤酒，用白云猪手做下酒菜，慢慢地唠唠自己像白云猪手一样的酸甜人生。

如果说，迷人的白云山，是一座让广州人销魂的名山；那么，迷人的白云猪手，就是广州人心目中最销魂的妙“手”。

如今，一晃 20 多年过去了，我们的孩子也长大了。岁月流逝，个人的生活境遇也发生了各种变化，曾经三家人每周聚首白云山的美好时光，再也一去不复返了，但是，那销魂的妙“手”——白云猪手，这道美味却一直与我的人生牵牵绊绊。

一到周末，我们一家依然还是喜欢直奔白云山，午间自然还是会在白云山吃一顿，经常都会点上这道白云猪手，尤其是在炎炎夏日，断然少不了这道带来冰火相撞美味口感的白云猪手。除了九龙泉和双溪，山湾的白云猪手，色泽雪白，上面还有杂锦菜，一边吃猪手，一边吃酸爽的杂锦菜，特别带劲；而山庄旅舍，绿树弄影，庭院宁静，鸟鸣声声，在这里一边吃白云猪手，一边看庭院风光，诗情画意，岁月安好，心情无限美。

渐渐地，越来越觉得，自己对白云猪手有了一种舍弃不了的情怀——它不仅仅是一道美味佳肴，也是我们广州人与白云山之间情感相依的一个意象，经常品味这个意象，其实也不过就是在以一种间接的方式，去体悟我们自己酸酸甜甜的生命色彩罢了。

生滚粥，水灵灵的诱惑

广州人打理美食，总是张扬着一种水灵灵的格调。不管你在广州的老铺子、大排档，还是豪华酒店就餐，地道广州人的吃法都是“前汤后水”：先来一碗热气腾腾的、熬了好几个小时的老火靓汤；酒足饭饱后，再喝上一碗甜滋滋的糖水。

白如凝脂、稠黏绵密又水灵的米粥，自然也成了广州最水灵灵的一种主打美食，它还有一个很鲜活的名字“生滚粥”。走在广州的大街小巷，你会看到很多小食肆挂着两个大大的字——“生滚”。“生滚”这两个字，立马就能引得你心中冒起一团团暖热。待一碗热气腾腾的生滚粥端上来，一边吹，一边急不可耐地舀起粥来喝，整个人都被一碗粥“滚”得全身暖洋洋的。不要说寒冷的秋冬时节，即使是炎炎夏日，缩在空调房里，广州人也还是拒绝不了热气腾腾的生滚粥的诱惑!

生滚粥是广州的一种传统粥品，是将预先煮好的大锅粥底（煮得很糜化的粥汤），加入各不相同的新鲜食材，逐碗煮熟，逐碗出锅。这样做出来的生滚粥，能最大限度保留不同食材的不同鲜美口味，同时还不会破坏新鲜食材的营养成分。一碗生滚粥吃下去，既暖身又饱胃，同时还很健康营养。所以，广州人都“好钟意食生滚粥”（很喜欢吃生滚粥），老一辈的人还喜欢说：“每天一碗生滚粥，赛过活神仙。”

根据食材用料的不同，生滚粥分为艇仔粥、及第粥、牛肉粥、肉片粥、鱼片粥、滑鸡粥、皮蛋瘦肉粥、瘦肉猪肝粥等。而其中的艇仔粥、及第粥，在广州人心中更有着不一般的情结。

艇仔粥，绝对是老广州人的心头最爱。这种粥缘起于漂泊在珠江上的水上人家，一碗滚烫糯香的“艇仔粥”从一艘艘小艇里端出，鲜美的味道在江岸上漾来荡去，也成了吸引游客的一道美味。艇是小船，在广州话俗称“艇仔”。旧时，珠江上有许多水上人家，专门驾着一艘艘“艇仔”，为珠江游船上或江岸边的游客、市民们供应艇仔粥。如果岸上或游船上的游客或市民们有需要，粥艇上的主人就会把艇仔粥一碗一碗地递卖过去。由此，珠江上艇仔粥飘香，便成为当时广州最具特色的景观之一，风味独特的艇仔粥也成为广州最受欢迎的一道美味。

时过境迁，现在珠江上的船家们都已经上岸居住了。于是，艇仔粥便走进广州大大小小的食肆，成了广州一种古旧的风情和回忆。

艇仔粥以油炸花生米、炸鱿鱼丝、炸米粉丝、生菜叶丝、海蜇丝、熟猪肚丝等做粥料。上桌前，撒上芫荽、葱丝、紫苏叶，最后加入一小撮虾子、几滴麻油，热腾腾、香喷喷的让你一啜三叹。

及第粥，亦名“三元及第粥”，在科举取士的年代，状元、榜眼、探花为殿试头三名，合称三及第。在生滚粥中加入猪心、猪肝、猪粉肠作为基本食料，则被广州人称为“三元及第粥”。

为什么猪心、猪肝、猪粉肠这些普通的食料会跟科举取士的“三元及第”扯上联系呢？原来，在关于及第粥由来的众多版本中，有一说认为“及第”之名与明代广东才子伦文叙有关。相传，伦文叙幼时家中贫寒，以卖菜为生，隔壁一粥店老板惜其才，以买菜为名，叫伦文叙每天中午送一担菜到粥店。收到菜后，老板便以猪心、猪肝、猪粉肠生滚的白粥，给伦文叙当午餐。后来，伦文叙经过多年寒窗苦读，终于高中状元。衣锦还乡之时，他特意来到这间粥店再吃了一碗当年老板给他熬的那种粥。由于此粥之前并无具体名字，伦文叙便为其题名“及第”，并书一匾，高挂粥店门楣上。由此，“及第粥”之名，很快便传遍了广州。

至今，在广州吃及第粥依然还是一种流行时尚。尤其是高考前后，很多父母都会提着保温罐去传统的老铺老档里购买及第粥，拿回家给即将应考的子女吃。广州人“望子成龙”的市井审美心理，就这么嵌蕴进了一碗粥里。

艇仔粥、及第粥，以及其他形形色色的各种生滚粥，百十年来，一直亲亲热热地陪伴着传统的广州人，甚至许多新广州人。广州人的日子，在生滚粥的浸润下，也就水灵灵得更加温暖熨帖，世俗绵长了。

荔枝，荔枝菌

一个与荔枝有关的故事，很特别，也很有诱惑力。

多年前，我曾去华南植物园采访蒋跃明教授。蒋教授是浙江人，20 世纪 80 年代中期，他于杭州大学毕业前，原本已打算到上海读研究生的。恰在此时，他的姐姐来学校看望他，并带来了三颗新鲜的荔枝给他吃。虽然以前也吃过不少荔枝干，但新鲜荔枝他还是第一次看到。那荔枝的果壳鲜红带绿，很好看；剥开一看，果肉洁白晶莹；吃上一口，爽脆浓甜，齿颊留香。这三颗新鲜的荔枝太好吃了，让他念念不忘。但当时，由于交通运输条件很落后，保鲜技术也很落后，新鲜荔枝在杭州还是难得一见的。

“荔枝是广东最有名的水果，宋代大文豪苏东坡盛赞‘日啖荔枝三百颗，不辞长作岭南人’。经不住新鲜荔枝的诱惑，我决定把原来填报的上海志愿改成了广州的中国科学院华南植物研究所（后改为华南植物园）。”蒋教授笑呵呵地说：“从此，我也可以成为岭南人，幸福地享受‘日啖荔枝三百颗’了！”

三颗鲜荔枝，缘定广州。这个被荔枝诱惑的故事，悄悄地改变了一个人的人生轨迹，这的确很让人惊讶。细想想，荔枝好看又好吃，再加持上大文豪们的文化底气，荔枝早已拥有了一种让人心向往之且欲罢不能的独特气质。

无荔枝不夏天

广州地处亚热带沿海，瓜果品种丰富，荔枝不仅是“岭南四大名果”（荔枝、香蕉、木瓜、菠萝），还有“水果之王”的美誉，并且是岭南入夏的重要标志。

每年夏天一来，广州荔枝盛宴也就上演了。来自广州增城区的妃子笑、桂味荔枝、糯米糍荔枝、仙进奉荔枝，黄埔区的萝岗桂味、笔村糯米糍，从化区的井岗红糯、流溪红荔、钱岗糯米糍、流溪桂味等知名荔枝佳品，铺满大街小巷的商店、水果店，甚至，荔枝还频频登上广州塔，让广州塔一度被称为“荔枝塔”。

2022 年 5 月，广州市发布了“2022 年广州荔枝赏味图”，以缤纷的漫画形式勾勒出一个由荔枝、地标、青山、树木组成的广州荔枝图谱。想吃荔枝的广州人，跟着“广州荔枝赏味图”，亲身前往农庄、果场，摘荔枝，吃荔枝，忙得不亦乐乎。

吃着有怡人桂花之香的桂味荔枝，嚼着有糯米弹牙之软的糯米糍荔枝……广州人开启了“无荔枝不夏天”的口腹满足之旅。如果冰镇一下，荔枝的滋味就更让人陶醉不已了。本就晶莹剔透的荔枝果肉，更加水灵多汁，一口一颗，冰凉、爽脆、浓甜，既消暑，又令人神清气爽。

“无荔枝不夏天”，是广州普罗大众的一种独特度夏方式。但近年来，另有一些会吃的广州人，又开发出了一种“无荔枝菌不夏天”的美食度夏方式。由于从事的工作跟广州街区的居民们接触比较密切，近几年，我也有幸品尝过一两次荔枝菌，过程既兴奋，又美好。

荔枝菌与白蚁窝共生，神奇！

2019 年 7 月末的一天下午，在广州车陂街道工作的娇娇美女，发来微信喜滋滋地说：“小娴姐，快来车陂哟，有荔枝菌吃哟！”

听到“荔枝菌”三个字，我猛地短路了！我只知道每年六七月是广州荔枝最火红的季节，是吃荔枝的美味好时光，但荔枝菌这个名字，至今才第一次听见，更别说吃啦。

这荔枝菌与荔枝有什么关系？到底长什么样？为什么叫荔枝菌？味道如何？如何做来吃……带着一连串疑问，我直奔车陂街而去。

匆匆赶到车陂圆塘大街的南苑餐厅，推开大门，看到娇娇、平姐、波姐正坐在餐桌边忙碌着。娇娇乐呵呵地说：“我们正在刮荔枝菌的泥巴。”

我赶紧上前细看，只见桌上堆满了一朵朵略呈纺纱锤形状、长达 10~20 厘米的柔软小菌杆，菌尖有的好似一把收紧的小雨伞，有的则像已打开的小雨伞。

“这就是荔枝菌啦！”娇娇把一把收紧的“小雨伞”递到我面前。一旁的平姐解释说：“菌尖收紧，味道最为清鲜爽口；若菌尖打开，味道就差些啦。”

平姐说，这些荔枝菌来自萝岗。萝岗位于广州黄埔区，喜欢荔枝的广州人都知道萝岗的荔枝很有名，已经有 800 年的种植历史。平姐告诉我，其实萝岗不仅荔枝很有名，荔枝菌也像荔枝一样名闻广州。平姐的老家在广州萝岗的火村，她自然就很熟悉荔枝菌。

那么，荔枝菌与荔枝是什么关系？荔枝菌真的是长在荔枝树下的么？

“荔枝菌不只出现在荔枝树下，也出现在其他的山坡上和草丛中，它是在荔枝成熟的六七月才出现的，所以起名叫荔枝菌。”平姐解释说，事实上，荔枝菌是与白蚁窝共生的，荔枝菌在潮湿的白蚁窝上，经过高温多雨、骤出太阳的催促，会迅速生长起来，这趟摘完了，只要不毁坏白蚁窝，没过几天又会长出新的荔枝菌。

荔枝菌与白蚁窝共生，实在太神奇了！

拿起电筒，照荔枝菌去

“六七月，荔枝成熟了。这段时间，每天凌晨三四点开始，我们就拿起手电筒，去照荔枝菌！”健谈又热情的平姐，说起小时候“照”荔枝菌的故事，满满的快乐。

荔枝菌一般在午夜开始破土而出。所以，每当午夜过后，人们就会纷纷打着手电筒“觅菌”去。平姐说，采摘荔枝菌，动作一定要迅速，在清晨五六点前必须完工。因为，太阳一出，荔枝菌尖上的小伞一散开，会令水分蒸发，菌就会变黑。荔枝菌采摘回来之后，煮来吃也要讲究一个“快”字。因为，即便是一日之内，中午吃也会比晚上吃要清甜很多。

荔枝菌每年只出现在荔枝果实成熟的时节。每当荔枝成熟季节来临，吃荔枝菌的大好时光也随之开启！但荔枝菌出现的时间不长，基本上就只有一个月左右，绝对称得上是一种很典型的过时不候的美味。

清蒸，菌汁捞饭，鲜美至极

大伙儿一边刮着荔枝菌上的泥巴，一边听平姐讲“照”荔枝菌的故事，好一阵后，终于刮完了 5 斤荔枝菌上的泥巴。

餐厅老板赶忙把荔枝菌拿去清洗，烹制美味去了。我很好奇，不知这 5 斤的荔枝菌，如何制作成菜肴？

越是鲜美的食材，就越不需要繁复的烹调手法。平姐说，做荔枝菌也一样，只需要油盐，隔水清蒸或滚汤水，就最为清鲜。加少许油盐，隔水蒸七八分钟，能保留荔枝菌本身的鲜纯，汁液鲜甜，口感爽脆。

很快，荔枝菌美味便被端上桌，香气缭绕。两大盆，一盆是清蒸，另一盆是滚丝瓜汤。急急下筷，挑几朵菌枝放进嘴里，脆嫩无渣，鲜美至极。平姐说，用荔枝菌蒸出来的汁捞饭吃，会让白饭也变得鲜香起来，这是荔枝菌的一种独特吃法。

我按照平姐说的，赶紧盛了一碗饭，连荔枝菌和汤汁一起拌到饭里。一粒粒米饭都变得鲜美至极，一吃难忘。吃着菌汁捞饭，有一种原汁原味的感觉，清爽极了，舒服极了！

也难怪，荔枝菌还有个很酷的美誉——“岭南菌王”。菌王，那还真不是盖的。

每年在相同的时间地点，吃荔枝菌度好光阴

让我感动的，还有娇娇、平姐、波姐之间关于荔枝菌的美好情谊。

以前即使是挤公共汽车，娇娇和波姐，都会跟着平姐到广州市黄埔区萝岗去吃现场刚采到的荔枝菌。后来，随着年龄增长杂事繁多，又要上班，又要理家，就少有这种冲动了。于是，她们

就决定从萝岗买荔枝菌回来，叫餐厅的厨师帮忙制作，大家一起开开心心地品尝荔枝菌。

荔枝菌对生长环境要求苛刻，只生长于潮湿的白蚁窝上，无法人工培植，加上生长周期短，因此价格也贵些，有时要卖到两三百元一斤，便宜的时候也要八九十元一斤。所以，每当荔枝的成熟时节，她们就会多方打听荔枝菌的价格，价格相对便宜时，买上五六斤荔枝菌，拿到圆塘大街南苑餐厅，饕餮一两次美味，共度快乐光阴。

如今，十多年过去了，每年荔枝成熟的六七月，她们依然还会相约在同一间餐厅，吃一两顿荔枝菌大餐。

说来，荔枝菌的生长，有着很执着的个性，每年都在相同的时间，相同的地点出现。娇娇、平姐、波姐这三位闺密，一起吃荔枝菌，也是选择相同的时间、相同的餐厅共聚，这似乎也真的很有荔枝菌的风范。

美味年年如常，但情谊日渐深厚。用娇娇的话说：“十多年来，我们姐妹情谊很默契，不离不弃。吃荔枝菌，就是我们默契的一种方式，或者说是一种仪式，每年荔枝成熟时节，都会如期而至。”

吃荔枝菌，吃到这样一种情怀与境界，这人生，也实在太过温情，太过美好，让人不得不艳羡了。

钵仔鱼肠小红火，芙蓉香焗赛禾虫

一条鱼，时常被丢弃不用的部分是什么？

鱼的内脏，比如鱼肠呗。——估计，很多人都会这样回答。

的确，去市场的鱼档买鱼，挑好一条鱼，档主一称斤两，放到砧板拍两下，就开始去鱼鳞，而后劏鱼（广州方言，劏鱼，即杀鱼），三下五除二就把鱼肚子里面的鱼肠等“秽物”处理干净。

不过，会吃的广州人，可有创意啦，把被丢弃的鱼肠带回家，拿专用的鱼肠刀或剪刀把鱼肠破开，洗净，稍稍加工，加入料酒、姜丝等去除鱼肠腥味，裹上鸡蛋浆，放到炉上把表面的蛋皮焗至金黄，就可以做出一道香气扑鼻的特色菜——鱼肠焗蛋了。

20 世纪 80 年代末，我在广州读大学，每到周末，经常跑到住在文德路的舅舅家里去。舅舅是一个教书匠，当时已退休，住的房子就在一条小巷的最里头。舅舅平时很喜欢下厨，我第一次吃到的鱼肠焗蛋便是舅舅亲手做的。

记得当时，舅舅是用一个小砵仔端上桌的，表皮金黄色，有点焦，上面还零星撒着些绿色的葱花，黄绿相间，菜色很惹人喜爱。我问舅舅这是什么菜？舅舅说是鱼肠焗蛋。我很惊奇，第一次听说鱼肠也能做菜吃。广州人，果真不是一般的会吃呀！舅舅一边笑一边用小汤勺朝金黄色有点焦的表皮挖去，勺子挖下去时，我听到了脆脆的断裂声，看到了很多半个手指长的小鱼肠。舅舅把一勺鱼肠焗蛋装到我的碗里，笑眯眯地催促我："趁热吃，很香口很爽脆的。"一吃，果然香脆。接连又吃了几小勺，越吃越觉得松软鲜香。想不到，经常被人忽略丢弃的鱼肠，也能做出如此色香味俱全的一道菜来。

舅舅乐呵呵的，能不好吃吗？这可是"赛禾虫"哩！这鱼肠焗蛋，怎么又成了"赛禾虫"呢？听得我一头雾水。舅舅说，炉子里烘焙出的鱼肠焗蛋，口味香脆又不大上火，家喻户晓，一度成为广州不少酒家的招牌菜，也是广州人家常喜欢做的一道传统小菜。相传，20 世纪三四十年代，在广州一些高级酒家，就有一款名为"赛禾虫"的钵仔菜（即"鱼肠焗鸡蛋"）甚为流行。鱼肠在茶炉里用慢火烘焙，发出"吱吱"响声，色泽金黄悦目，味道甘香浓郁，口感似"焗禾虫"（禾虫是广府菜里的一道佳馔，甘美益人，但价格比较昂贵）。当时曾有人这样歌咏此道菜："钵仔鱼肠小红火，芙蓉香焗赛禾虫。谁言粑料皆低贱，知口者珍赖巧工。"

舅舅还告诉我，做鱼肠焗蛋的第一步是选鱼肠，最好选用鲮鱼肠或鲩鱼肠，鲮鱼肠白净丰腴，污物较少；鲩鱼肠粗细适中，因为鲩鱼是草食鱼，所以污物也不会过于腥臭难忍，再者，鱼肠内还附有较多的脂肪而更显肥美。由于鱼肠是“秽物”，鱼档几乎是不卖鱼肠的，如果你要鱼肠，到了市场，就先和鱼档主打个招呼，鱼档主会在帮其他顾客宰杀活鱼的时候把鱼肠留下来。待你把其他菜买好后回到鱼档，此时鱼档主已经帮你把几副鱼肠装好在小塑料袋子里了，你可以付点辛苦费给鱼档主，鱼档主一般不会计较多少，反而会热情地提醒你——记得把鱼肠清洗干净一些呀。

后来，每到周末，我常常去舅舅家，舅舅都会做上一钵子鱼肠焗蛋给我吃。有时候去得早，便能看到舅舅做鱼肠焗蛋的全过程。

当时，小巷里的每户人家，都在门口装有水龙头，舅舅找了张小板凳，坐在门口清洗鱼肠。经常地，也会看到巷子里的大伯大妈们搬张凳子坐在自己家门口清洗鱼肠。

清洗鱼肠的过程很烦琐，也很考究。如果清洗不当，要不就是污物去不尽，要不就会把鱼肠的脂肪清除，使它失去原有本色。舅舅说，最恰当的方法是先用白醋浸洗鱼肠，这样既能保留鱼油又可以把鱼肠的腥味除去。然后，用剪刀剖开鱼肠，以削成三角形的竹筷慢慢卷、慢慢剥，去除又腥又苦的肠膜，洗掉残涎和污物，再用清水漂去醋味，用洁净的布吸干水分。最后，切成半个手指长短一段。

清洗好的鱼肠段放入碗里，加入料酒、姜粒、蒜粒、葱粒、胡椒粉等辛香佐料。其中，必不可少的是油炸桧丝（油条）和陈皮丝：油炸桧丝用来焗蛋，可以增加香口的感觉，还可以吸附鱼肠的油脂，吃起来就会有肥而不腻之感；陈皮丝，既辟腥又惹味。这两样佐料，可以说是鱼肠焗蛋这道菜的点睛之笔，少了任何一样都会大为失色。

把鱼肠、各种辛香佐料、油炸桧丝、陈皮丝拌匀，再放入鸡蛋液和匀，放于已涂油的瓦钵内。鱼肠焗蛋最好的容器是瓦钵仔，切忌用铁盘子盛鱼肠烹制，因为铁盘子传热太快，容易造成鱼肠下焦而上不熟，土里土气的瓦钵因传热慢而成为首选。因此，老广州人又叫鱼肠焗蛋为砵仔焗鱼肠或瓦钵焗鱼肠。

将调好料的瓦钵放入焗炉里，用中火焗至八分熟的时候取出，撒上胡椒粉，浇上花生油，再放回焗炉中，以小火焗至焦香，烘得越干越好。最后，原钵上桌，蛋香扑鼻，鱼肠富有弹性，吃起来甘香鲜美。

大学毕业后，我便很久没有再吃过鱼肠焗蛋了。

因为，鱼肠焗蛋虽然材料成本不高，但准备工夫繁复，并不是人人都愿意做这道美食。舅舅年事已高，已很少再做这道费手脚的菜；而我一个上班族，觉得太烦琐，自然也不想做。至于酒店呢，似乎也很少看到这道菜。毕竟，费时费力，价钱还卖不起，而且，这道菜要现做现卖，只有生焗才有香脆的口感。于是，曾经一度成为广州许多酒店招牌菜和广州人家常菜的鱼肠焗蛋，现在却越来越少有食肆可以点到了，至于平常人家，也几乎没人做了。

很偶然的，最近却在广州增城区，吃到了这道久违的鱼肠焗蛋。当时，书法家姚永全在增城的三宜堂举办书法展，我和几位朋友前往捧场。书法展结束后，便相约到一旁的福临酒店吃饭。当时吃到了一些增城地道的特色菜：猪肠卷，很素色，里面什么料也没有，只加了点酱油，吃起来爽脆得很；黄金卷拼酸甜咕噜肉，黄金卷以咸蛋黄、鸡蛋汁等为主要原料炸制，口味香酥。最惊喜的，还是吃到了钵子鱼肠焗蛋。

当钵子鱼肠焗蛋端上桌时，金黄的表面上撒着绿色的葱花，看着就有些像我以前在舅舅家吃到的鱼肠焗蛋。当时，和我们同桌吃饭的有两位是增城当地人，我正想问问这钵子盛着的是否真的是鱼肠焗蛋，想不到好客的增城人，早已经拿起小汤勺，一勺一勺挖起，分别装到我和朋友们的小碗里，一边挖一边热情地招呼说："来来，趁热吃，这是我们增城的一道古老特色菜——鱼肠焗蛋。味道极好，营养丰富。"

细细一品，我感觉和以前舅舅家做的鱼肠焗蛋多少有些不同，多了粉丝，但没吃到油炸桧丝。也是，传统鱼肠焗蛋的配料多用吸收鱼肠油脂的油条丝，可以充分保持鱼肠鲜甜的口感。但当今时代，人们饫甘餍肥，把吸油的油条丝改用粉丝等刮油的瘦物取代，肥瘦互补，吃起来口感也极其不错。

一种久远的味蕾感觉，又重新萦绕在口齿间。大家一边吃一边感叹说：“真的很久没吃到这道佳肴了，好香好脆！”当时还有一位朋友叫嚷着说：“带眼镜的，都多吃点，鱼肠营养丰富，有益眼明目的作用。”这位朋友说，有一次他看到电视上采访一位80多岁的老伯，这位老伯在广州荔湾湖附近开了一家微雕店，老伯说自己隔三差五就会吃鱼肠焗蛋，所以才能有那么好的视力。

大家闹腾着吃了一轮鱼肠焗蛋，才想起要拍张照片，一看，一钵子鱼肠焗蛋已经给挖掉了大半。哈哈，美味当前，人人都先吃为敬的啦。

甘美怡人，禾虫过造恨唔返

最早对“禾虫”两字留下深刻的印象，是从鱼肠焗蛋这道菜开始的。舅舅说，鱼肠焗蛋被誉为“赛禾虫”。

或许因为价格昂贵，我从来没有在舅舅家吃过禾虫做的菜，不过“禾虫”这两个字却从此印在了脑海里。事隔30年后，我兜兜转转在车陂的街巷间踏访采风，有幸与念想了很久的禾虫相遇，并亲眼得见禾虫如何成为餐桌上的美味，终于得遂了一份悠远的美食情怀。

捉禾虫吃禾虫，遥远的甜蜜时光

每年11月28日，广州市番禺区的眉山村都会举办敬老大会，到2016年已经举办到第二十二届了。眉山村原名叫苏坑，村人为敬重先祖苏轼，便以苏轼故籍四川眉山为村名。

车陂晴川苏公祠与眉山村，都是苏轼后人，皆是同族兄弟，手足情深，有美味自然也一起相约共享。敬老会举办前两天，眉山村说能买到禾虫吃了，赶快来品尝吧。而我呢，因为经常在车陂兜转，与晴川苏公祠的人很熟络，他们热情相邀我一同前往眉山村。能品尝念想了很久的禾虫，心情好激动!

一路上，晴川苏公祠的苏窝棣、苏金炽、苏京沪等人就热热闹闹地讲起了他们曾经在车陂涌捉禾虫吃禾虫的甜蜜时光。这之中，年纪最大的是生于 1950 年的苏金炽，他回忆起有关禾虫的故事也最为生动。

苏金炽说，小时候调皮贪玩，他曾捉过很多禾虫。当年的车陂涌旁，都是水稻田，农田不用农药化肥，水质干净，利于禾虫天然生长。禾虫有极强的季节性，每年农历四月和八月，当车陂涌潮涨时，禾虫便密密麻麻地浮游在河涌的水面。此时，只要在河涌的出口处设网，禾虫便随水自投罗网。而他最喜欢的，还是拿着簸箕游进河涌里，看到有禾虫游过来，伸手用簸箕一兜，就能兜到不少五颜六色的禾虫。

捉到禾虫后，用水冲一冲，用毛巾吸干禾虫水分，把禾虫放到干净盆子里，一边用油喂禾虫，一边用剪刀剪断禾虫，让禾虫“爆浆”，然后加些陈皮、姜、蒜去腥，再用钵仔蒸禾虫。苏金炽说：那个味道，真是好吃得没得顶。苏窝棣说，当时还流传着这样一句俗语：“禾虫过造恨唔返。”——“恨”是心痒的意思，“唔”为不，

"返"即回来之意，这句话的意思就是：禾虫若过了季节，再馋也吃不着，后悔也没用。苏京沪则补充说，因为当时车陂涌禾虫多，所以东圃墟（今东圃农贸市场）还一度出现了专门的食器——禾虫钵，其实就是瓦钵，因为多用来蒸禾虫，便有了"禾虫钵"的俗称。

只可惜，1957 年广州氮肥厂建厂，车陂涌很快被污染。禾虫是不能人工养殖的，只能生长在没有污染的滩涂地里，靠吸食禾苗的根茎繁殖。1958 年后，由于水质被污染，车陂涌基本就没有禾虫了，那种捉禾虫、吃禾虫的甜蜜光阴，也一去不复返了。

煨油爆浆，肥嫩软滑奇香扑鼻

随着环境的变化，禾虫这道美味渐行渐远，这的确是一件遗憾的事。而我一边听着苏窝棣等人的回味与感叹，一边想象五颜六色的禾虫会长成啥样子？结果，当真正看到禾虫时，我整个胃都翻滚起来了。

那是在离眉山村不远的龙泉山庄，只见一个大脸盆放在桌上。苏金炽说，那是在用油喂禾虫，禾虫喝足了花生油，更为丰盈饱满，更容易爆浆。我抬眼一看，我的妈呀，这一条条禾虫，真的是五颜六色，样子却丑陋极了：头略呈六角形，有大眼 2 对，三四厘米长，宽只有半厘米左右，呈节状，多毛，状若小蜈蚣，脚却比蜈蚣还多。一整盆的禾虫，密密麻麻地蠕动着，还真容易让人产生密集恐惧症，看得我忍不住想逃跑。不过，毕竟是念想了多年，尽管胃里有些翻江倒海，但还是被念想的情怀压了下来。

过了十几分钟，厨师把禾虫端进厨房。我们快快地跟了进去，想看清楚烹饪的全过程。只见厨师快速地拿起剪刀，不停地撩起禾虫剪断；再撩起，再剪断。

片刻，放入细盐，一边放一边搅动，厨师说，那是为了加速禾虫爆浆。已经被剪断的禾虫，沾到盐，细长的身子爆裂开来，体内浆液流出，这才是禾虫的精华。不一会儿，禾虫如烟火般噼里啪啦爆成了一盆浆。

厨师再撒上蒜蓉和胡椒粉，不停地剪，不停地搅拌。20多分钟后，将禾虫浆分别盛入四个碟子，放进炉子里蒸。厨师说，禾虫可以焖、煮、蒸、炖，其中以清蒸最显鲜美。

我有些疑问："不放姜丝和陈皮去腥，会不会有腥味呀？"厨师答："禾虫新鲜，不腥，不添加陈皮和姜丝，才更能保留禾虫的纯正美味！"

15分钟后，清蒸禾虫上桌，奇香扑鼻，那些五颜六色的禾虫，蒸熟之后都变成了金黄色。厨师提醒要快点吃，冷了味道就不鲜美了。于是，大家纷纷拿起匙羹开始品尝。肥嫩软滑，清香鲜美，虫体香酥嫩滑，入口即化。四碟清蒸禾虫，顷刻盘净。当初看到禾虫蠕动，胃里曾翻江倒海的我，到底还是被美味蛊惑，也吃得津津有味起来。

禾虫，曾经是家家户户吃得起的美味

吃过了清蒸禾虫，再回头想想“钵仔鱼肠小红火，芙蓉香焗赛禾虫”的民间歌谣，虽然鱼肠焗蛋这道美味清甜脆爽，口感也很不错，但要与清蒸禾虫一比，除了端出来的模样相似都是一色金黄外，其口感却明显比禾虫差了不少：清蒸禾虫香酥嫩滑，入口即化；而鱼肠焗蛋则口感稍微粗糙，也不如禾虫香甜。或许，20 世纪 80 年代人们说钵仔鱼肠是“赛禾虫”，也多半还是含有一种望梅止渴的心态吧。毕竟禾虫这种食材比较贵，而鱼肠却是便宜之物，家家户户都吃得起。或许也可以这么说，便宜实惠的鱼肠焗蛋，就是普罗大众眼里的美味“禾虫”。

其实禾虫曾经还真是家家户户都吃得起的美味。关于这一点，清代文人屈大均所著的《广东新语》有一段详细的记载：“夏暑雨，禾中蒸郁而生虫，或稻根腐而生虫。稻根色黄，禾虫者，稻根所化，故色黄。大者如箸许，长至丈，节节有口，生青，熟红黄。霜降前，禾熟则虫亦熟。以初一二及十五六，乘大潮断节而出，浮游田上。网取之，得醋则白浆自出，以白米泔滤过，蒸为膏，甘美益人，盖得稻之精华者也。其腌为脯作醯酱，则贫者之食也。”

“其腌为脯作醯酱，则贫者之食也。”从屈大均的《广东新语》可见，禾虫作为盘中餐，曾经是连贫苦人家都吃得起的美味。旧时没有化肥农药，水质清澈，没有污染，禾虫太多，农户常将吃不完的禾虫捣烂，以一层禾虫一层盐的方式腌制禾虫酱，用来下饭。如今，水质变差，禾虫产量少，价格变高，禾虫也成了昂贵的虫子，据说经常卖到 100 多元一斤，禾虫也就渐渐变成可望而不可即的美味了。

酥脆甘香何所似，品茶细嚼如珍馐

广州的糕点历来闻名遐迩，不仅品种繁多，而且制作精良，模样好看，正所谓“有型有款”。比如说，诞生于广州，并被誉为“广东四大名饼”之一的鸡仔饼（另三大饼是盲公饼、杏仁饼、老婆饼），仅是外形，就让人一见钟情：娇小的身段呈椭圆形，模样有点像一只正在觅食的小鸡，在几乎清一色圆形或方形的饼饵中，显出了一种另类美。

至于那味道，更是一吃难忘。我第一次吃到鸡仔饼，是在20世纪80年代末。当时，我已经到广州读大学。有一天，已在广州定居的舅舅带我到文德路附近的一间饭店吃饭。饭前，舅舅特地叫酒家端上来一碟小饼，色泽金黄油亮，看起来硬朗朗的，闻起来香喷喷的。舅舅说，这是广州人特别爱吃的鸡仔饼，饼馅肥软，外酥脆、内柔韧，甜中带咸，越嚼味越香。

我被舅舅说得直流口水。赶紧拿起一块，咬一口，只听“咯咯”作响。瞬间，一股浓香喷涌而出，南乳的鲜香、芝麻的油香、肥肉的甘香等混合在一起。吃完一块后，隐藏在牙缝里、舌根下、嘴角边的美味余香仍然萦绕，香得我忍不住吸吮手指。一旁的舅舅边吃鸡仔饼，边喝几口小酒，好不惬意！舅舅说，广州人吃鸡仔饼，不分场合，可佐茶，可佐酒，甚至还可以佐膳。

一种小饼，能吃出如此自在的多重境界，那真的是滋味太丰富了，才会各种场合都受人欢迎的吧。而在这多种滋味中，我尤其喜欢其中的肥肉香。店家说，鸡仔饼是用去皮肥猪肉丁，加入白糖浆、芝麻、瓜子仁、五香粉、榄仁、胡椒粉、南乳等拌香料作馅，面、糖、油糅匀作皮，烘制而成。难怪舅舅说“鸡仔饼的饼馅肥软”，这么多的料，也实在是足够“肥软”的了。而其中，最肥软的一种料应该就是去皮肥猪肉了，这也是做鸡仔饼缺一不可的主料。

一直以来，除了腊肉里的肥猪肉，因为风干，油分少，又香口，我还能吃得惯，其他的肥猪肉，肥腻腻的，不论怎么烹制，我都不太“感冒”。但鸡仔饼里的细碎肥猪肉，吃起来很爽口，一点儿也不腻，而且整个饼吃下去，让我感觉到最浓郁、最持久、最好味、最惊奇的就是肥猪肉的独特滋味。

原来，鸡仔饼里面的肥猪肉是一种特制的冰肉，是将肥肉用大量的白糖与适量的烧酒拌匀腌制而成的。腌制好的肥肉，雪白如冰，莹润透明，故称“冰肉”。冰肉入口，肥而不腻、爽脆清甜，能有这种效果，是因为白糖与烧酒混合后，降低了肥猪肉的油分，并且硬化了肉块的口感。因此，做鸡仔饼的关键，也是耗时最长的步骤，就是制作冰肉。一般把肥猪肉切成如一粒花生米大小，开水煮熟后，过凉水冲洗掉一部分油，沥干水分，再加入白糖、高度白酒拌匀，放入冰箱冷藏一周到两周，中途还要翻拌。据店家师傅说，冰的时间长一些，猪肉不仅会更爽脆，还是不肥不腻的关键。

吃过一次之后，鸡仔饼就成了我最喜爱的广州零嘴之一。读大学时，手头没啥零钱，只有到舅舅家时才能偶尔解解馋。大学毕业后，留在广州工作，鸡仔饼就经常能吃到了。那时年轻，每次，能吃上五六个鸡仔饼。就算现在各种进口零食满天飞的时代，既香又酥的鸡仔饼还是我的最爱。我经常都忍不住馋嘴，会跑到楼下商店买上一两包回家吃。甚至逛街时，我也会刻意寻找莲香楼之类的老店，买上一两斤鸡仔饼带回家。不过，唯一不同的是，我不再像年轻时那么放开吃了。毕竟鸡仔饼是有些油腻的，年岁渐长之后，吃得稍微有些节制了，“一块起，三块止”。

鸡仔饼，还有一个文雅好听的名字，叫“小凤饼”。关于此名的由来，就有一段古可以讲讲了。

鸡仔饼出自广州的成珠楼。成珠楼，位于广州珠江南岸漱珠桥畔，是广州著名的老字号茶楼之一。据《广州著名老字号》介绍，成珠楼始创于 1745 年（清乾隆十年），刚开始属当时广州大商家之一的伍家所有，是伍家宴客酬宾的私园。1855 年（清咸丰五年），伍家的主人伍紫垣在成珠楼接待一位外地客人，这位客人早就耳闻广州的饼食精美可口，想要一尝为快。但伍家的点心师傅却不在，婢女小凤急中生智，急忙下厨把平时储藏的甜梅菜、冰肉等连同新买的五仁月饼馅搓匀，加入面粉，捏成椭圆形小饼，烤脆成金黄色之后，送上厅堂。客人一尝，甜咸适中，甘脆而余香满口，不由得啧啧称奇，问这是什么饼？由于此饼是小凤姑娘巧制，伍紫垣便随口说是“小凤饼”。后来，伍紫垣叫成珠楼的点心师傅如法烤制，于是，风味独特的“小凤饼”从此风靡广州。

广州人喜欢把“鸡”叫作“凤”。而小凤饼的商标又是以“小鸡”为记（“小鸡”广州人俗称“鸡仔”），故此饼一物两称：既叫小凤饼，又叫鸡仔饼。这也正符合广州人喜欢把“鸡”雅称为“凤”的民间习俗。

小凤饼由小凤姑娘首创，后被成珠楼师傅改进而成为名点。不论是富贵之家，还是贩夫走卒，都非常爱吃“小凤饼”，就连到广州的各地过客，也喜欢把“小凤饼”作为到过广州的标记和珍贵“手信”。就如20世纪30年代曾流行一时的顺口溜唱的那样：“老乡老乡，几时出省城？省城最有名，成珠鸡仔饼。你去省城，最紧要买鸡仔饼。”20世纪40年代，在成珠楼开业200周年庆典上，书法家麦华三先生书赠成珠楼一诗：“小凤饼，成珠楼，二百年来誉广州。酥脆甘香何所似，品茶细嚼如珍馐。成珠高阁会天孙，绿皑新醅酒令传。醉傲天台左右顾，漱珠桥畔海幢园。”

虽然，以“小凤饼”成名的成珠楼，后来几易其主，在1985年又毁于火灾，历经240年的成珠楼已成为历史。但是，与成珠楼有关的“小凤饼”，却早已经在广州遍地开花，而且一直保持着传统的咸香风味和香脆耐嚼的质感，价格也不贵，现在也才卖20多元一斤。亲民价格，酥香味道。或许，这正是鸡仔饼的独特魅力所在吧，所以能一直稳居广州人的心头爱，成为广州人常吃的“珍馐”点心。

如今，广州街头巷尾的很多小店都有出售“小凤饼”。北京路步行街的街口，就有莲香楼酒家的手信店，那里有很多散装的鸡仔饼出售，都是每天新鲜做出来的。我每次逛北京路，都会称上一两斤“小凤饼”带回家，就着茶，慢慢地品尝。

吃“小凤饼”，于我，似乎越来越像品茶，认识它越久，就越离不开它了。就如书法家麦华三先生赋诗赞“小凤饼”的那句话一样——“酥脆甘香何所似，品茶细嚼如珍馐”。喝一口茶，咬一口“小凤饼”，一声“咯咯”响，满口生脆香。伴随着一阵又一阵“咯咯”的声响，日子香香的，质朴、安静、悠长。

箩盖鱼，花一样好看

箩盖鱼，第一眼看到这菜名，心中就涌起一个念头：很想吃！很想吃！

记得，第一次看到箩盖鱼的招牌，是在广州黄埔区的南湾村。当时，已是下午 3 点多，错过了午间品尝箩盖鱼这道美味的时间。于是，便先去浏览了一番水乡古村的美景：水流悠悠，绕村而过。龙泉古井、秋枫古堤、古塔古庙、龙舟古桥……拥有 600 多年历史的南湾水乡，真是古色古香，名不虚传。我们走访古村，时值艳阳高照的一个早春，清风朗日，安宁静逸，我们步履轻盈，神清气爽。

村中的古民居、麻石古街巷、古塔（阁）、古庙、古旧圩、古海涯、古堤、古祠、古井等大多保存完好，被并称为南湾村“九古”。这些保存完好的“九古”，不仅吸引了古建筑专家们前来考察，也吸引了许多热爱传统的老广们来此打卡。甚至，还吸引了不少电影、电视剧的制片人前来拍片呢。广东电视台热播的

《外来媳妇本地郎》《三家巷》《大话黄飞鸿》等影视作品，都曾取景于此。

南湾村古时曾被称为西湾，可能是因为它相对于东江北支流的位置而言的。在公路和铁路交通尚未发达之前，东江北支流是联系广府地区和东江中、上游地区的重要交通水道。南湾古村当时应该就是长期以东江北支流为生活重要来源的一个村庄，因而以西湾自称。同时，在中国传统文化里，西湾一词，通常又是水乡地区的一个普泛代称。如唐诗里有一首《江南行》："茨菰叶烂别西湾，莲子花开犹未还。妾梦不离江上水，人传郎在凤凰山。"就是把"西湾"一词，当成一个普通的水乡地区来加以歌咏的。

地处东江北支流和珠江主航道之间的南湾村，一直是一个富饶的鱼米之乡，有着广州"周庄"的美誉。绕村而过的水流，有龙舟停泊，如果再有艄公摇乌篷船穿一座座古桥而过，那就更有一番水乡"周庄"的味道了。

在古韵悠悠、美丽富饶的南湾水乡，撞见了这道带着强烈乡土气息的箩盖鱼，自然越发觉得场景与美味，似乎都特别的合拍。于是，心中那种"很想吃很想吃"的念头，越发又强烈了几分。

匆匆逛了一番水乡，下午 5 点刚过，我们便急不可耐地逛进箩盖鱼农家菜馆里。

箩盖，是用竹子编的盖箩筐的器具，个头圆圆的，大大的。旧时，乡下人家喜欢用它晒玉米、花生或蔬菜，那是旧日农家人的生活必需品。如今，随着塑料制品的泛滥和农家生活场景的日渐边缘化，这件必需品已渐渐退隐，难得一见，在大多数人的心中已属于记忆中的影像了。今天，在南湾村，一道活色生香的乡土箩盖鱼，又生动地把旧日的影像重新拉回了我们眼前。

水乡人家好客又热情，我们刚坐下，服务员满脸自豪，张嘴就哗啦啦地来了一番推荐："第一次来南湾吧？那一定要点一道箩盖三味鱼，好吃又划算。主菜四五斤一条的水库鱼，配上半打粉丝元贝、半斤罗氏虾，再来一份蒜蓉胜瓜（丝瓜）。有鱼、有海鲜、有瓜蔬，实惠又美味，包你吃得满意。"

经服务员一番推荐，我们越发对箩盖鱼心动不已。服务员写完菜单，乐呵呵地提醒："美味都得花时间制作，请耐心等待一下哟。"

等待美味之时，我们抬眼四望，便望到墙上有一番招牌菜的介绍，看图片就已经很养眼了。上面还写着火辣辣的广告："黄埔首家，独创箩盖三味鱼！"根据广告介绍，这道美味箩盖鱼的主菜所采用的水库鱼，是产于河源万绿湖的"正宗水库大头鱼"，以天然放养方式，不加饲料养殖。这种鱼生长期在 3 年以上，头大身小，味道鲜美，绝无泥腥味。

这广告看得人都忍不住吞口水了。大家互望一眼，都是为食猫（"好吃者"的粤语说法）哟，于是又忍不住偷偷一笑。

半小时后，大大一个圆箩盖端上来了，哇！这也太惊艳了吧！大圆箩盖底下，铺着一片荷叶。荷叶上，红的虾，白的鱼，半圈黄白相间的粉丝元贝，半圈青绿的蒜蓉胜瓜。红红，白白，绿绿，好像一朵盛开的花，美艳极了。

其实，以前我也曾在广州其他地方吃过箩盖鱼。箩盖也同样是大圆箩盖，但不同的是箩盖里全是鱼，色泽上单一了些，难以达到刺激食欲的效果。这南湾村的箩盖鱼一端上来，就气势夺人，挑逗着我们的肠胃，食欲火辣辣地涌动不已。

服务员把大圆箩盖端到早已盛满开水的一个平底铝锅上，打开煤气，生起小火，只见大圆箩盖上面蒸汽氤氲。春日，有些微冷的寒风中，火苗微微亮着，吃箩盖鱼，也不怕鱼鲜变冷，吃多长时间，都不会败了胃口。

令人欢喜的是，箩盖上的水库鱼，一边是辣的，另一边是不辣的。这真好，辣与不辣，随意选择，一道鱼，两种美味，各自选择适合的口味，众人皆欢喜。

黄白相间的粉丝元贝，爽口清甜；红红的罗氏虾，鲜甜清香；雪白的水库鱼，鲜美嫩滑；水乡特色的荷叶，甘润醇香。这箩盖三味鱼，好吃得嘴巴都停不下来。围在箩盖边沿的蒜蓉胜瓜，沾了鱼味和元贝罗氏虾的海鲜味，更是清甜得让人咂嘴。

箩盖鱼上，还配有酒家附送的沙河粉和农家酸菜。一道箩盖鱼吃下来，来点沙河粉填肚子，撑撑的；再来一点酸菜，爽口消食，真真满足也。

箩盖垫在平底铝锅上的创意，特别适合冬春季节，吃到最后，大箩盖上还是热气腾腾的。这道花一样好看的箩盖鱼，真是吃得尽兴，又暖洋洋。

山水沙河粉，白如雪『带朝烟』

沙河粉，又称山水沙河粉，光听名字，就水灵灵的，显得格外通透。

沙河粉因最早出现在广州的沙河镇而得名。据说，上乘正宗的沙河粉，需要用广州白云山的泉水浸磨出上好的大米米浆，然后蒸成米粉，再切成带状。前后，要经过8道工序才能完成。白云山上的九龙泉，含丰富的矿物质，晶莹澄澈，泉甘水滑。用白云山九龙泉水浸米后制成的山水沙河粉，粉白如雪，爽口、弹牙。有外地来的朋友很小资地称这是一种“粉白的诱惑”。

在广州，无论餐馆规模大小，档次高低，都可以吃到沙河粉，都可以享受到这种“粉白的诱惑”。当然，最正宗的沙河粉，还是要在白云山周边吃。时至今日，在白云山脚下的云台花园旁，还有一间专门吃沙河粉的“沙河粉村”餐厅，能让你吃遍各式沙河粉。而且这间店里的炒沙河粉，很实惠，分量足，就算是男子，一个人吃一碟，也会吃得很饱。而我一个小女子，往往吃上大半碟就已经足够饱了。

沙河粉可炒食，可汤煮。“干炒牛河”是最正统的一种吃法，配料是嫩滑的广式腌牛肉片、韭黄，加蚝油，猛火翻炒片刻即可。不过，正宗的广州人都较喜欢“湿炒”，半焖半煮的样子，打个“白汁芡”，爽滑、去燥，既照顾了嘴巴的为食美感，又不会产生喉咙上火、脸蛋长痘的烦忧。

每到周末，很多老广州人喜欢自己在家炒山水沙河粉做早餐。他们一早跑到菜场里，在众多的粉面、小食里，一眼就能看见出众的山水沙河粉，半指宽的身姿，白如雪，嫩如脂，很修长，很窈窕。粉的表层没有含着太重的水分，也不是一种风干的楚楚可怜样，而是让人想起王维《田园乐》里的两句诗“桃红复含宿雨，柳绿犹带朝烟”。“含宿雨”“带朝烟”，这是何等的水灵样儿呀，谁看谁喜欢，谁看谁难忘。

现在，也有一些新样式的沙河粉，已然褪去了一身白，加入红萝卜汁、菠菜汁等，变得色彩明丽，时尚缤纷，颇似粤剧里俏丽的“花旦”。但在色彩的缠缠绕绕中，没了“白如雪”的身段，山水沙河粉却再也寻不着“含宿雨”“带朝烟”的娇嫩，缺了那股水灵灵的雅气。无论如何，我也爱不上山水沙河粉变脸后的“花旦”模样。我还是执着于山水沙河粉那种最传统的“白如雪”的身段。这种素雅温婉的水灵气质，让我觉得广州的美食，原来是如此的风月无边。

而我最难忘的吃沙河粉经历，是在广州文化公园北门。本来，我对白云山周边以外地点的沙河粉是没带任何期待的，然而那次与沙河粉的偶遇，却给我留下了十分美好的印象。甚至，一次没吃够，我还连续去那里吃了三次。

第一次，是我一个人吃，完全不带任何期待，只为填饱肚子，没想到却吃到了印象最深的一顿沙河粉。当时，文化公园有通草画展，我去做采访。采访完，我漫步溜达出公园北门，原本还没有到饭点，肚子也并不是很饿。但无意中看见这里有一间“沙河粉村”餐厅，便想尝尝它与云台花园旁的“沙河粉村”有啥区别。只点了一道蟹汁炒沙河粉。然而，正是这道蟹汁炒沙河粉，却成为我吃过的最好吃的沙河粉！

除了保持正宗沙河粉粉白如雪、爽口、弹牙的基本优点，这碟沙河粉还创新出特别适合小资情调的素中有荤、荤中含素的平和风格，对于我们这些平时已经开始害怕大鱼大肉，但又不能真正脱离荤腥食味的现代人来说，这个创意实在太迎合我们的口味了。名为“蟹汁炒沙河粉”，实际上并没有放大量蟹肉或其他肉类，仅仅是用店家自己慢火细熬出的浓浓蟹汁，加上少许辣椒碎末，拌进素沙河粉里湿炒。于是，吃起来既有海鲜味，又有点微辣，清清爽爽的，颇有刺激感，但又一点儿不起腻。而且，分量适中，吃一碟刚好够饱。当时，一碟蟹汁炒沙河粉还未吃完，我已经盘算着什么时候再来吃第二次了。

第二次，是两个人一起吃。自从吃过蟹汁炒沙河粉，我一直念念不忘，在先生面前描绘了又描绘。于是，没过多久，我又带上先生，从家里出发，坐了四五十分钟的地铁到文化公园北门的沙河粉村餐厅。先生一人吃完了两碟蟹汁炒沙河粉，一边吃还一边赞叹：爽而不腻，微微的辣，鲜香的蟹汁，真真好味道！

第三次，是三个人一起去吃。儿子从学校回家，听我们如此这般地描绘一番，尽管他并不相信一碟炒沙河粉能吃出上天的味道，但看我们兴味盎然，他决定跟我们去品味一番。于是，我们一家三口又坐上地铁，直奔文化公园北门的沙河粉村店。

“五碟！”刚一进门，先生已经急不可耐地伸出五个手指头，对服务员说，我们要点五碟蟹汁炒沙河粉。服务员笑眯眯地记下，让我们赶紧找座位坐下。这一顿，我吃一碟，儿子和先生各吃两碟，吃得那叫一个尽兴。

可惜的是，没过多久文化公园的这家沙河粉村餐厅就歇业了，而我们再也无缘吃到心仪的蟹汁炒沙河粉了。明明特色鲜明，但餐厅最终还是不见了踪影。生活，很不易呀！

后来，只要一说到沙河粉，我们一家人都会想起文化公园北门，想起一起吃沙河粉的那种尽兴的美味时光。

如丝如绸双皮奶

凡有外地朋友问我，广州有什么好吃的？

双皮奶！绝对是从我嘴里溜出的第一个答案。

这双皮奶，真的有那么好吃吗？

不信？先看看这段文字吧，保准你口水直流。

“双皮奶的颜色和口味都显得端庄纯正：新炖的一碗热气腾腾地端将上来，香气都温润得好像二十刚出头的江南小媳妇；吞进一口去，更是清甜不腻，又端端像极了那小媳妇的细皮红唇，可以给你温柔渴望美妙人生的梦想。许多不食甜品的人却可以接受顺德双皮奶，也许就在于它口味中的那种温柔和端庄吧。”这段关于品尝双皮奶的生动描绘，好多年了，一直火热地流传在网上。

凡是吃过双皮奶的人，看到这一段文字，肯定都会会心一笑。当然，在广州，估计没几个人没吃过双皮奶的。

双皮奶能这么馋人，其特异之处在哪？就在于双层奶皮。

要做出双层奶皮，说起来并不复杂，却一步都不能马虎，犹如广州人踏踏实实的生活态度。先将清晨新挤的水牛奶煮热，但不能煮沸，否则会破坏奶质结构不易结皮；然后，趁热倒在碗里，热气会使鲜牛奶表层结出奶皮，用筷子将奶皮刺穿，缓缓地将碗里的奶倒出，加入适量的蛋白、白砂糖，搅匀，再沿着碗边慢慢倒回原来的碗里，原来的奶皮会慢慢浮起；最后，放到蒸锅上蒸，不久后结出一层皮来，这样就形成了二层皮。上层奶皮甘香醇厚，下层奶皮甜蜜润口，吃起来如丝如绸，入口即化，故命名为双皮奶。

双皮奶的制作过程看似简单，但所有原料都十分考究：牛奶必须是清晨新挤的吃草料的水牛奶，鸡蛋必须是新鲜土鸡蛋，白糖要首选本地甘蔗榨出的砂糖。水牛奶、土鸡蛋、白砂糖的搭配比例一定要恰到好处，味道才能香而不重，甜而不腻；蒸炖的火候和时间，都要把握恰当，吃起来才能如丝如绸，入口即化。难怪双皮奶素有广东甜品之王的美誉，这还真不是吹的！

双皮奶始创于清朝末年，流传的典故甚多。其中有一说，清朝末年，董某与其父在顺德大良以养牛为生，并跟着父亲做牛乳。当时没有电冰箱，不易保鲜，董父常为牛奶的保存而绞尽脑汁。有一次，董父试着将牛奶煮沸后保存，却意外地发现牛奶冷却后表面会结成一层奶皮，尝一口，软滑甘香。后来，董父把煮好放凉的牛奶倒出来，加上鸡蛋清和冰糖再煮一次，而凝结的奶皮则被留在碗里。等倒出来的牛奶煮热后，再倒进留下第一层奶皮的碗里。碗里的奶皮变得更厚，更醇香了。接着又将煮过第二趟的牛奶，放到蒸锅里蒸一蒸，最终制成了软滑甘香的双皮奶。

起源于顺德的双皮奶，如今早已在广州遍地开花，吸引着无数地道的老广食客，或南来北往的外地游客们。有意思的是，这些双皮奶名店，多以“信”字命名，有“仁信”“民信”“南信”“文信”等。“民信”老铺门口，还挂有一副对联——“民乃国之本，信为商者先”，前一句出自老子，后一句据说是老铺创始人董孝华自创。的确，双皮奶的用料必须非常新鲜、上乘，稍微不讲信用，偷工减料，就会让它的品质大打折扣。因此，只有以“信”为先，以“信”为本，才能真正传承百年，深得民心。如今，这些挂着“信”字招牌的老铺双皮奶店，皆质量水准在线，哪一家都不会差到哪去。你随便挑一家，都一样奶味甘香，口感滑爽，保准你吃得满心欢喜。

早已在广州遍地开花的双皮奶，一直以来都是广州人日常最爱吃的甜品之一。就说我吧，经常能一口气吃两碗双皮奶，而且我喜欢吃的都是冷冻的双皮奶。

其实，双皮奶有冷热两种吃法，新鲜出炉热腾腾的双皮奶，味道香甜，浓郁的牛奶香气漫碗四溢，入口嫩滑无比；而冷冻的双皮奶，除了香甜嫩滑之外，更具有一番独特的风味——经过冷却，其表面那一层奶皮更加凝固，吃起来口感更好！因此，虽然网络上流行的那段生动文字是描绘热双皮奶的，而且其形容双皮奶如温柔端庄的小媳妇模样，馋得人流口水，但我自始至终还是喜欢冻双皮奶更多一些。我觉得，冰冻凝固的那层奶皮，滑爽厚道，比之热双皮奶的温柔端庄，似乎还多了一种公子般的风流典雅。尤其是在夏天，冻双皮奶入口，冰爽爽的，霎那间就能消暑降温，过瘾极了！

如今又有了一些更过瘾的创新吃法，根据个人的口味喜好，还可以在双皮奶上面选择加入红豆、莲子、窝蛋（将新鲜的鸡蛋原只打在双皮奶的面上）、提子、姜汁等配料，使双皮奶看起来既色香味俱全，又更有型有款，吃起来选择更多，当然也就更多了一份好心情啦。

不过，如果是第一次吃双皮奶，我个人推荐，最好还是选择原味的冰冻双皮奶。一则，可以看到状如膏、色洁白的双皮奶纯纯的本色模样；二则，可以品尝到口感细腻嫩滑、如丝如绸的最原始风味，这才是最地道的品尝双皮奶的方式。

我第一次吃双皮奶是在热闹繁华的北京路，吃的就是原味的冰冻双皮奶。古朴瓷碗端上来，小小一碗，冰爽、香甜、嫩滑，一吃就醉了！

我的口感很长情，至今最喜欢的还是原味的冰冻双皮奶，这就好像人生的爱，最初的，总是最美好、最留恋！

打边炉与鸳鸯火锅

“今晚食乜嘢？”（今晚吃什么？）

“今晚，我屋企打边炉！”（今晚，我家里打边炉！）

数九寒冬，在广州的大街小巷，经常会听到这种习以为常的一问一答。

不用说，地道的老广州人自然知道今晚吃的是什么了。只是，外地人听着，却有点摸不着头脑——这“打边炉”到底是什么呀？

其实，打边炉就是我们通常所谓的火锅。广州人习惯于把火锅叫作“打边炉”，指的是吃火锅需要守着炉子边涮煮边食。传统广式的“打边炉”，吃的时候并不像现在这样温文尔雅，而是随意至极，有时干脆就是站着吃的。

那时候，“打边炉”的锅都是用陶泥做的，叫“瓦罉”，即砂锅；炉子也是用泥做的，叫泥炉，内烧木炭；那些夹肉菜的筷箸，则是竹制的，是普通筷子的两倍长，便于站立涮食。

一入冬，广州人就喜欢阖家闭门打边炉，吃得又丰富，闹腾得又欢快。所以，小时候能在冬天跟着母亲来一趟广州，去姨妈家里吃上一顿“打边炉”，那确实是一件非常幸福的事。

姨妈家做“打边炉”锅底料的一般都是清远鸡（或者毛肚或者狗肉），加上各种煲汤常用的药材，如红枣、党参、淮山药、枸杞等，像是做广州老火靓汤的路子。等荤食吃得差不多了，再放进西洋菜、生菜、空心菜、小白菜等时蔬烫食，一顿完整的“打边炉”才算彻底完成。

在姨妈家“打边炉”，每次都要吃上两三个小时。红红的木炭烧得嗤嗤作响，我们的一张张小嘴儿也吃得“呼呼”地欢响。除了表哥、表姐这些年龄跟我不相上下的孩子们，那时给我印象最深的是姨父。胖得连腰都找不着了，但每到打边炉时，唯有他，从不挨板凳，总是站立炉边，把那长长得有点笨重的竹筷子使得灵活如孙悟空手中的金箍棒，吃得一派恣意狂放。到最后，人人都吃得尽兴，连锅底汤也一同饮尽，好味又滋补。

而今，泥炉已不见踪影，砂锅也少用了，广式“打边炉”的传统吃法自是踪影难寻了。那些已经登上大雅之堂的“打边炉”，已经不见了砂锅、泥炉，也不见了木炭和明火，自然就少了很多烟火人间的俗味道。不过，换成了卡式炉、电热炉和电磁炉，却也多了几分精致时尚、温文尔雅的雅情趣。

近十几年来，随着川味、湘味等各方美食接踵入粤，文化上颇具包容性的广州人，在接纳八方美食的同时，也快速接纳了

“火锅”的通俗叫法。因此，现在有很多“90后”“00后”广州人，甚至不知道“打边炉”为何物了。

现今是一个混搭的年代，美食也毫不例外。那些川味、湘味等原本浓烈刺激的火锅，如今在广州的酒楼食肆里，已普遍被混搭成了一个个双面娇娃般的“鸳鸯火锅”：一个火锅分两味，一边的火锅底料里放了大量的辣椒、花椒、红油，红彤彤一片；另一边则是广式“打边炉”的那种清淡鲜美的滋补锅底，虽然色彩比不上另一边亮眼，但香味也是十分诱人的。

一个火锅，两种味道：一味辣香，一味清甜。那情那景，就犹如词家中之豪放派与婉约派的混搭：红汤火锅，辣烫得直呛人，大有苏东坡、辛弃疾那种“横绝六合，扫空万古”的豪放气势；而清淡鲜美的广式锅汤，暖胃暖心，又仿佛柳永、姜夔的“燕燕轻盈，莺莺娇软”的婉约风情。

一个火锅，既可尝两种滋味，也可品两样人生，这怎能叫人不陶醉？！

第三辑 >>

一年无日不看花

YINIAN

WURI

BUKANHUA

花树下，我家

一树粉，一树红，一树白。美丽异木棉花一开，广州的冬天，呼啦一声就来了。

又美又刚的“美人树”，繁花似锦，灼灼其华。灼灼花树下，是我家。每天出门和回家，我一路走过“美人树”下。抬头，一树一树花开，灿若云霞；低头，一朵一朵花落，锦若红毯。那份温暖的感觉，灿然又美好。

我家住在华南师大（华南师范大学）教师村。每年一入冬，教师村楼下的美丽异木棉就开得铺天盖地。每年如期地，置身于美丽异木棉花开的灿烂花海里，我心里都会生出无限的诗情画意。

说起华南师大的美丽异木棉，那绝对是大名鼎鼎的！不仅全广州的美丽异木棉都始于华南师大，国内不少地方的美丽异木棉也是从这里繁殖出去的。

1985 年，原华南师范大学校长潘炯华教授应邀参加东南亚鱼类交流会，与会的日本专家赠送了几株美丽异木棉的小树苗作为纪念。回国后，潘校长将这些小树苗种在华师生物园。如今，早已长成了大腹型美丽异木棉的三株巨树，就是当年栽种下的小树苗。再后来，经过科学繁殖，其后代已经遍布广东、广西、福建、云南、海南等地。在华南师大生物园的美丽异木棉树下，至今还竖立着一块介绍潘炯华教授种植美丽异木棉的历史渊源的小牌子。

华南师大的美丽异木棉，有两种花色：一种粉红，如胭脂；一种纯白，如霜雪。而生物园内那两红一白最为醒目的三株大腹型美丽异木棉，不仅是全华师大最高、最壮的美丽异木棉，也是全广州最早的大腹型美丽异木棉。华南师大的师生们，都很自豪地说，生物园内两红一白的大腹型美丽异木棉，就是母树，年代最久，花开最旺，花色最撩人！而住在美丽异木棉花树下的我，也深感与有荣焉。

每年 11 月初开始，华南师大校园内，绕校道绕池塘，甚至高过屋顶的美丽异木棉，次第盛放，粉如胭脂，白如霜雪，俏丽迷人。花一直会开到第二年的 1 月，贯穿了整个冬季。尤其到了 12 月，那种花开壮观的美丽景象，更是铺天盖地，气势磅礴。而我家所住的华南师大高校教师村这一带，更是美丽异木棉的最佳观赏地。据统计，华南师大校园内种植有美丽异木棉 130 多株，其中近 100 棵，就分布在高校教师村的校道两旁。爱花人不约而同地称这里为“美丽异木棉大道”。

住在高校教师村西面的人，是最幸福的，家里的阳台和窗户，都靠着“美丽异木棉大道”。每年冬天，站在阳台，或推开窗，就可以看到不可胜数的美丽异木棉的花朵，简直可以把繁花拉进家里去。因此，一整个冬日，心都明媚得很。

可惜我家靠东边，所以，一直很羡慕住西边的人家，能坐在窗前，亲密无间地和美丽异木棉，一起拥抱冬天。羡慕之余，每当暖阳当空，偷得浮生半日闲，我就会到花树下的石凳上，闲闲一坐，眯眯眼儿。风轻柔柔地拂过，花轻盈盈地旋舞。一朵朵落花，从高空缓缓地旋落到脚边。我看着花，花看着我，盈盈浅笑，两欢喜。

白花美丽异木棉，不常见，显得尤其珍贵。华师大生物园内的这棵高大白花异木棉，花一开，一色纯白，白如霜雪，繁花一树，傲立水边，从柔柔的水底，一路蓬勃到高远的蓝天。异木棉花树上，那千朵万朵雪白的花瓣，仿佛唐代诗人岑参笔下的一番古意雪景。这些纷纷醉动眼前的，似千树万树般壮观、辽阔的洁白精灵，不是梨花，胜似梨花。

当然，校园内最常见的异木棉花，颜色大多还是粉红。花一开，一色粉红，粉如胭脂，灿若云霞，铺天盖地。校园里，一座座错落有致的楼房，仿如映衬在粉红的天堂里。花儿大朵大朵的，漂亮得很奇特：花心的四周是乳白色，但不是一味的乳白，而是点缀着不少麻点，显得花色很有层次感；五瓣花瓣，粉嫩盈透，每瓣都反卷着，卷出一个个小波浪；花心的底部，有很多细碎小花蕊绕成一个小小的圆圈儿，就像是戴在女孩素手上的手链。从圆圈花蕊的中间又伸出一条长长的蕊管，花蕊管的顶端还长出了一个小圆球，圆球中心再伸出一支小小的白色蕊管。于是，整个花蕊管的上面，就好像挑起了一盏小灯笼似的。风一吹，一盏盏小灯笼，飘飘忽忽；翻卷着的花瓣，像波浪，粉粉红红地翻滚着，让人过目难忘。美丽异木棉，果真是美得很奇异呀！

而我觉得甚奇异的还有一点，那就是美丽异木棉花开季节呈现出的奇观：有的树上全是花，不见一片叶子；有的却是叶子多，花很少；还有一半开花，一半却长着浓密叶子的；有的树，更是完全只有浓密的叶子，一朵花也不见。同一种树，甚至还是同几棵母树的后代，开花风格却如此的千差万别。难怪，美丽异木棉还有一个别名叫“美人树”，这别名还真是挺贴切的。连开花的风格都如此地变化多端，再加上美丽异木棉的枝干上还通体长满尖刺，就犹如带刺的玫瑰，艳丽而不易接近。所有这些，不正像极了一个美丽的女子么？秀色照人，绚丽耀目。却又既多情，也善变，还特爱玩些小小心思，时不时刺痛你一下。

这么一想，便觉得美丽异木棉与广州本土那红彤彤的木棉树相比，更具有一种女性的阴柔特质了。美丽异木棉原产于南美洲，虽然与广州木棉同属木棉科，却不是同一种。因此，两者之间有着很大的区别。广州木棉，每年春天先开花，后长叶；美丽异木棉，冬天开花，经常花叶并存。而且，直立挺拔的广州木棉开花时，满树火红，几乎不见一片叶子，完全是一种甩开膀子干大事的阳刚作派。我们是不是可以说：广州木棉是阳刚的英雄，美丽异木棉则是阴柔的美人。英雄与美人，相辅相承，所以，广州的花色，一直都美得那么奇异，那么醉人，那么让人心驰神往！

冬去，春来。美丽异木棉，花落去，叶长出来了。但广州市民们寻芳赏花的热情，却一直还在美丽异木棉树下上演着。

2019 年 4 月初，有一天，我正在华南师大校园里赶路，碰到两个寻花女子。她们在教工俱乐部路口东张西望，见我走过，问到：“华师大有棵很漂亮的白花美丽异木棉，在哪里呀？听说这棵白花美丽异木棉，长得高大笔直，花开繁盛，如大雪覆盖。我们从湖南来广州游玩，很想看看这棵花开如白雪覆盖的大树。”我遗憾地说，花期已过，看不到花了。然后，带她们走到生物园门口，并告诉她们，一直往前，走到一块大石头旁，枝干粗壮如葡萄酒桶，满树绿叶的那棵就是。她们愉快地谢过我，满心欢喜地说：“没有花开不要紧，能看到树，心里也满足了。”在不是花开的季节，也要寻树一番，十足的花痴呀。也可见，华南师大生物园这株高大挺拔的白花美丽异木棉，声名有多么响亮了！

浓须大面好英雄

“爸爸妈妈，绿绿的大草坪上，那个大圆圈里的花图案，是什么花呀？”

“是木棉花呀，那是我们广州市的市花呢。”

我们牵着三岁小朱的小手，一起去爬白云山。看到大草坪上用灌木丛修剪成的花图案，小朱甚是好奇。那之后，每次我们一家爬白云山，快到大草坪时，小朱总是欢叫起来：“快点快点，大朵朵的木棉花，就在前面啦。”

木棉花是广州的市花，白云山是广州的文化地标，自然种有不少木棉，广州的各大公园、大街小巷，同样也是种满了木棉。比如，中山纪念堂就有一株树龄 350 多年的木棉。这是广州最老的木棉。这株老木棉植于 1668 年，树高 27 米，胸径 1.96 米，平均冠幅达 33.75 平方米，斑驳的树皮通体缠绕着附生植物，让木棉更充满了沧桑感和岁月感。2018 年在全国组织开展的“中国最美古树”遴选活动中，这株 350 多年的木棉获得“中国最美木棉”称号。从此，这株木棉树被誉为“木棉王”。

中山纪念堂“木棉王”树下还立有一块碑石，刻着 20 世纪 50 年代时任广州市市长的朱光先生所撰写的那首赞美木棉的词作:“广州好，人道木棉雄。落叶开花飞火凤，参天擎日舞丹龙。三月正春风。”

每年的二三月，一朵朵火红的木棉花在一棵棵高大挺拔的木棉树上竞相开放，花色艳红如血，花朵硕大如碗。木棉树还有一个特点，先开花，后长叶，因而，硕大如碗的木棉花，色调一致地挂在几乎没有一片叶子的木棉树上，红得纯粹而又热烈奔放，为广州寒冷的早春，平添了许多温暖的气息。尤其是中山纪念堂那棵昂首绽放的木棉王，更是给满园春色绘上了重彩艳光，成为每年春天广州市民观赏木棉的圣地。我个人还非常喜欢到云台花园寻访木棉，云台花园的滟湖边耸立有一树橙黄色的木棉花，虽然色泽不如红色那么耀目和奔放，但是满树花开时，橙光万道，倾泻而下，也着实壮观。

广州有句俗话——木棉花开，冬天不再来。意思就是只要看到木棉花开了，温暖的春天也就来临了。每当到了木棉花开的时节，我经常也会很文艺地套用英国浪漫主义诗人雪莱的诗句抒情一下——木棉花已经开了，春天怎么会遥远?

木棉树长得壮硕高大，虽然很多木棉难以拥有中山纪念堂“木棉王”的傲然风姿，但也往往高达十几二十米，实在让人望尘莫及。而且，木棉树还有一种“鹤立鸡群”的特质，即一定要长得高过周围的树群，以吸收最好的阳光。所以，有“森林中的露头树”之称。因此，广州人观赏木棉花时，动作也必须很一致，齐刷刷地抬着头，向上仰望——壮硕的躯干，顶天立地的姿态，再配上艳红如血的硕大花朵，就像英雄的鲜血染红了树梢一样，怎么看都很有一种大英雄的气度。而且木棉花从高枝上落下来时，也显得分外有豪气，很有一股英雄道别的气概——在空中一路旋转而下，然后“啪”地一声落到地上，还是很完整、很艳红的一朵大花。

说得一点不错，木棉树还真有一个美名叫“英雄树”！英雄树上结出的花朵，当然就是“英雄花”啦。而最早称赞木棉为“英雄”的，是清朝诗人陈恭尹。他在《木棉花歌》中形容木棉花“浓须大面好英雄，壮气高冠何落落”。自此之后，人们就称木棉花树为“英雄树”了。而作为近现代革命策源地的广州，无疑就是英雄的鲜血铸就的一座城市，因此早在 1931 年，木棉花就曾被定为广州市花。1982 年 6 月，广州市人民政府再次将木棉花定为市花。

壮气高冠的木棉树，表面看起来，似乎与人很有距离感，但实际上，在广州，木棉树有着极其亲民的一面——花朵入食，能清热解毒，给广州人一份温淳的关怀。于是，春天的木棉树下，每有木棉花坠落，市民们便纷纷上前捡拾，带回家清洗后，晒干，然后用晒干的木棉花瓣泡茶，花蒂和大米、红豆、绿豆一起熬稀粥，吃起来清香极了，可以清热解毒，驱寒祛湿。广州春天多“回南天”，潮湿阴闷，因此广州人喜用木棉花瓣泡茶、煮粥、煲汤，形成了广州市民普遍喜欢的健脾化湿的“祛湿茶”和“祛湿汤”。

我早年在广州读大学时，舅舅住在文德路的一条巷子里，如果我在春天木棉花开时节去探访舅舅，经常会在长长的巷子里看到很多墙头上晒着木棉花，而舅舅呢，也常常会做木棉花陈皮粥给我吃，有时还会泡“木棉三花饮”，将干木棉花、金银花、白菊花洗净，加水煮沸，做茶饮，喝得满心暖融融的。也因此，木棉怒放，树下捡花，被称为广州春天的两大妙景，也是很多广州孩子的童年记忆。

老朱和我都不是广州人，我们的童年自然对木棉没有这种生动的感知，但出生在广州的小朱就幸运多了——小朱的童年目睹过木棉怒放，虽然没怎么经历过树下捡木棉花，但是在树下玩木棉花絮，却是玩得不亦乐乎。

每年木棉花落后，树上便长出椭圆形的蒴果，成熟的果荚开裂，内里的卵圆形黑色种子连同白色的棉絮会随风飘落。棉絮有乒乓球般大小，落地后随风滚动，如同小雪球一般可爱。小朱就是由于目睹过这种棉絮飞雪，也追逐过在地上滚动的小雪团，因此，入情入景地写了一篇日记《六月飞雪》，读来颇有一番趣致：

虽然生活在亚热带的广州，但在三年级那年初夏的一天，我却在这里目睹了一场六月飞雪——

那是一个平常的日子，空气很闷热。老师刚刚喊声“下课”，就听到窗外一声声大喊“下雪啦，下雪啦……”我们赶紧往窗外望去，只见外面一阵阵白色的雪片从天上飘了下来。“呀喔！好棒哟！”“我们一起打雪仗吧！”同学们一边喊，一边蜂拥着冲向教室外。我抓起大把大把的雪，咦！怎么一点也不冷的？再一看，雪里还有一颗黑黝黝的小豆子。突然一个“雪球”飞到了我的跟前，抬头一看，是陆大侠陆跃辉，他手举好多“雪球”，正对我做鬼脸呢。于是，我便和陆大侠展开了“雪球”PK，我们两人很快成了“雪人”。再抬眼一望，操场上好多“雪人”正在奔跑，好多“雪球”在飞来飞去。

玩得正高兴，上课铃声响了，“雪人”们一边往教室跑，一边忙乱着拍掉身上头上的“雪球”。但是，还是有好几个“雪人”顶着满头“雪球”跑进了课室，惹得全班同学哄堂大笑起来……

小朱的《六月飞雪》写得好玩，很有童真童趣。生在广州的孩子，看木棉花树，能看得那么情趣盎然，这真是难得的一种快乐。

白云山“广州碑林”处的宝章楼有一副对联：“四面有山皆入画，一年无日不看花。”对于广州人而言，姿态顶天立地、“浓须大面好英雄”的木棉，不仅开启了宋代诗人杨万里所描绘的南国木棉闹春的热烈盛景“却是南中春色别，满城都是木棉花”，同时，也开启了千年古城广州“一年无日不看花”的“花样年华”。

雨夜里，遇见江南第一花

天气寒冷，春雨哗啦啦，下个不停。

华灯初上，难得雨小了，和多时不见的朋友，相约出门而去。待走过广州古城北门城墙遗址时，无意中往遗址旁的绿植瞧去，突然看到，细雨中摇曳着一小丛紫色花朵，在灰灰的雨幕中，显得特别的晶亮。

忍不住走上前，蹲下，一看，欢喜极了，竟然是江南第一花——玉簪花呀！

我早年曾在江苏看到过玉簪花，那花色是雪一样的白，在袅袅绿云般的叶丛衬托下，别有一番动人的冰姿雪魄。

而此刻，我眼前看到的玉簪花，却是紫色的，夜灯下，花上挂着露珠点点，别有一番雅致动人：花儿，羞答答低垂着，露出丝丝晶莹洁白的花蕊，透出一种“花半开”的美姿；花苞，小巧，有些纤长，好似古代女子戴在头上的簪子，透着一种盎然古意。

恰巧的是，雨夜里，在花城第一次看到玉簪花，就在广州古城北门城墙遗址。如此，这一小丛紫色玉簪花，刹那间仿佛更增添了一份浓浓的古意。

当时，与我同行的还有武华美女和两个帅哥。我和武华美女忙着拍花，两位在大学文学院当老师的帅哥一边为我们撑伞一边聊起了玉簪花的话题。

一位说，说到玉簪花的古意，其实流传着两个传说。一说西王母宴请群仙，仙女们欢饮玉液琼浆，个个飘然入醉，云鬓散乱，头上的玉簪遗落凡尘，化为玉簪花；另一说，汉武帝曾为宠妃李夫人取玉簪花连枝插头上当发簪，宫女们争相仿效，玉簪花便由此得名。

另一位说，关于仙女们的玉簪遗落凡尘化为玉簪花这一传说，宋代黄庭坚曾写过一首《玉簪》诗："宴罢瑶池阿母家，嫩琼飞上紫云车。玉簪堕地无人拾，化作江南第一花。"神奇的传说经诗人妙笔的生动描绘，便让玉簪花得了"江南第一花"的美名。

一边拍玉簪花，一边听着两帅哥闲聊玉簪花，让我觉得，这场潇潇春雨，下得特别有诗情画意。

我喜欢玉簪花，不仅仅因为黄庭坚《玉簪》诗所盛赞的"江南第一花"的古意，还在于我曾经在自己喜欢的作家林海音的《城南旧事》上，读到过关于玉簪花的一个片段："夏天的早晨站在校门前，手里举着从花池里摘下的玉簪花，送给亲爱的韩老师，她教我唱歌跳舞。”《城南旧事》里的小英子，站在校门口，举着玉簪花，这成为我脑海里，对于玉簪花，对于童年，很难忘、很温暖、很唯美的一个影像。

花城广州，奇花异草遍布。但我寻花、访花多年，走遍了花城的大街小巷和公园，却一直无缘亲眼在广州见到玉簪花，是为遗憾。但想不到的是，2022 年 2 月 13 日，这个寒冷的早春雨夜，竟然在广州古城墙遗址，巧遇了我心念念了很久的江南第一花——玉簪花。这个雨夜，太有纪念意义了。

武华美女和两位帅哥都说，他们也是第一次在广州遇见玉簪花。说完，我们四人都笑了起来——爱花，总会有奇遇的，真好！

吃完晚饭后，再经过广州古城北门城墙遗址时，我和武华美女，忍不住又对着玉簪花拍了起来。两帅哥笑了笑，依旧很殷勤地为我们撑起了伞。

至今回想起来，遇见玉簪花的那个雨夜，一人拍花，一人打光，两人撑伞的画面，依然觉得美得有种说不尽的诗情画意。

大年夜，行花街

广州的年味，大体是靠花市给撑起来的。“花城”嘛，要是没有了花市，没有了“大年夜，行花街”这个节目，过起年来真的就跟过“五一”“十一”的感觉差不多了。用个通行全国的比喻，这广州的花市，就好像中央电视台的春节联欢晚会一样：年年都要来上那么一场的。好看不好看，大伙儿总会去凑凑热闹。不同的是，“春晚”咱老百姓们只能被动地当当观众；而广州的迎春花市，咱老百姓却担当着演员和观众的双重角色。那情那景，套用卞之琳的《断章》——“你在桥上看风景，看风景的人在楼上看你”，便成了——“你在花前看风景，看风景的人在花丛中看你”。

说来也怪，全中国也就是广州人在春节里如此热烈地注重着赏花和买花。平日里，广州的花虽然多，但并没有集中在一起摆放，所以也感觉不出多少花的气势。可是，一到过年，也不知道就从哪里运来了那么多千奇百怪的花木来。再集中一摆放，便成了典型的花天花地的广州年夜花市了。

广州迎春花市源于明末的“花渡头”。清中期，在藩署前（今广东省财政厅前）出现了夜间花市。19世纪60年代，渐成年宵花市，迁至今天的北京路。花市从农历腊月二十八直至除夕夜，广州人每年必到花市“行花街”，以求来年行好运。尤其是逛西湖花市，是“老广州”的传统风俗习惯。位于广州市西湖路、教育路商业区域的西湖花市，一直是历史最悠久的传统中心花市，享有“百年花市”的美誉，也保留着广府传统文化的风韵。

随着城市人口的不断扩大，十几年前，广州的花市开始以区为单位举办。每当小年（农历腊月二十四）一过，各区的花市就开始热热闹闹地上场了，所以在广州，每到过年前的那几天，不管你是走在大街小巷，还是坐在公共汽车、地铁里，都能撞见手捧着各种花束，笑得如花一样灿烂的张张笑脸。

早年，读秦牧描写广州花市的《花城》和《花街十里一城春》，对文章里尽情渲染的“人如海，花如潮”的花市盛景一直非常向往。可是，当自己也有机会亲身逛逛广州花市时，给我印象最深、感觉最有意思的，却是秦牧先生在文章里并没有提及的——卖花人和买花人之间的那种你来我往、不亦乐乎地“砍价”的乐趣。

向来，广州人都很精明，很会计算着过小日子。所以广州人买东西，任何时候都最爱“砍价”。广州商家做生意，也早已习惯了等着顾客来“杀价”。有时候，顾客讨价还价后成交的价格，会比店家最初开出的价格低很多，甚至只有开价的三分之一。有些从北方来的朋友，看到广州店家和顾客们像吵架一样讨价还价的场景，往往会叹为观止。日常，在各种市场里的讨价还价，往往都是真枪实弹的，是不可能看到像《镜花缘》里君子国般，你主动少收，我主动多付的那番情景的。

然而，在逛花市时，花档主和顾客的讨价还价却变得十分的温婉和闲适。每一次的“砍”价，都不再是志在必得，而只是为了互相凑一凑节日的喜庆而已。因此，整个讨价还价的过程中，每一个人的感觉都是热乎乎的。确实，大过年的，大家也不是那么着紧三两块钱。图的都是那一种乐呵呵、闹嚷嚷的风景和情趣罢了。

20 个世纪的 90 年代初，我曾经逛过两次广州花市，总是能听到那么一阵阵“砍”过来“砍”过去的应答声和欢笑声——

买花人：10 元一盆，贵了点哟！

卖花者：不贵不贵，而且意头瞒好叻，十全十美啊！

买花人：贵了贵了，卖年货，不宰人嘛！

卖花者：那你说多少钱合适呀？过年了，不用计算那么仔细啦！

买花人：8 元好啦，发财呀，大家都发呀！

卖花者：好叻，你发我发，大家一齐发哩。

……

行走在这样一种笑呵呵的“砍”价声中，心暖暖的，情浓浓的。因了年夜花市的这种特别的“砍”价情趣，广州这座城市也好像增加了很多人情味儿。正因为有了这一种独特的人情味，我一直非常热爱广州的年味，也许正是为了更多地感受感受年味吧，逛花市便成了待在广州过年的市民们的招牌节目，总是让人充满了期待。

令人遗憾的是，近几年来，这种让人无比热爱的广州年味，似乎正在一年年地变浅变淡了。虽然还是一样的“人如海，花如潮”的花市盛景，但是“砍”来“砍”去的应答声，以及与之相伴的欢笑声越来越少了。有时，你要和卖花人砍点价，他都爱理不理的。年味的感觉在心里一下就落寞了许多。朋友们说，这几年广州人的荷包都更加涨了，买花的小钱谁都更加不在意了。于是，花档主们便习惯不再讲价了。也许真的是这样吧！然而，再逛广州的花市，留下的印象就单薄了许多，大体上也就只有那句“人如海，花如潮”了吧。

遗憾归遗憾，每年大年二十八的晚上，我还是忍不住要去感受一番“人如海，花如潮”的花市盛景。花市里总是人挤人的，大家买到手中的花都只好高高地往上举。所以，一抬头，总能看到许多花儿在空中游走，斑斓而又鬼魅。在人堆里挤了一小会儿，我们便买了不少花：富贵果、富贵竹、银柳、剑兰、鸡冠花，等等。富贵果满树的果子胖乎乎的，颜色金黄金黄，寓意富贵临门；富贵竹，原本就苗条的好身段被种花人弯成S形，像个头顶着花束的舞女。这两种好意头的花，广州人每年逛花市都是必买的。

接着，我们无意中来到一档专门卖猪笼草的花档跟前。猪笼草又名猪仔笼，拉丁文名为Nepenthes。这个词来源于古希腊诗人荷马的史诗《奥德赛》。书中记述了一个在葡萄酒中掺入一种名叫Nepenthes的麻醉药，使饮者忘却苦恼和忧愁的故事。正巧，猪笼草的瓶状捕虫器与古希腊饮酒用的牛角杯很像，于是，有人就将荷马史诗中的麻醉药的名字给了猪笼草。不同种类的猪笼草，瓶体的形状、大小和颜色各不相同。有的像小酒杯，有的像罐子，有的像竹筒，更多的像南方人运猪时用的笼子。因此，得名“猪笼草”。

猪笼草的笼子里装着水，是用来引诱贪嘴的昆虫的，只要一有昆虫掉进它的笼子里，笼子的盖就会自动关上，然后用水把昆虫溶化成自己的美食和养料。不过，广州人喜欢这种名字听起来不怎么雅致的植物，却并不是想请猪笼草帮他们除昆虫。原来，在广州的民俗里认为，水代表着财富，而“猪笼入水”就代表着装到了很多很多的财富。所以，这猪笼草在每年的花市里都是个特别受宠的主儿。

一开始，我们在这个摊位上看到的猪笼草，都是卖40元一小盆，大一点的70元一盆。我们嫌贵了点，便想逛逛再说。可是，等我们在花市里挤了一圈下来，却发现价格早已像坐火箭一样上升了：小的卖 80 元一盆，大的已经卖到 130 元一盆。才两个小时，就往上涨了那么多。可见，在民俗的巨大引力影响下，市场的变化是多么迅速呀。10 岁的儿子惊奇得大叫起来："爸爸，妈妈，明年我们家干脆也到花市租个摊位卖猪笼草吧，准能发大财！"一席话，惹得旁边买花卖花的人全都笑了起来。

再挤人堆，我在卖过年精品的档子里买了个一个红红的中国结。儿子则在卖儿童年货的档子里买了一副中国龙的木质拼图。——过年精品和儿童年货的摊档越来越多，这是近几年广州花市的又一个新特点。说来也怪，木质拼图有很多：巴黎埃菲尔铁塔、荷兰风车、悉尼歌剧院、俄罗斯套娃……儿子到过欧洲、澳洲、俄罗斯等地游玩，对这些异国风景应该是感受至深的，但奇怪的是，他怎么就不买这些异国情调的东西呢？先生说：你买的不也是中国结吗？这说明，还是传统文化和传统民俗，悄然深入人心呀。

是呀，像花市这种民俗，年年如期而来，而"大年夜，行花街"的魅力年年都会让在广州过年的人心驰神往，这不都是传统植根人心的生动体现吗？即使花市的年味会发生或浓或淡的变化，即使花市的特点会年年有所不同，"大年夜，行花街"——永远都还是广州人乐此不疲的时尚节目！

走广州『云道』，遇地涌金莲

最早遇见地涌金莲，是在广州的花市上。

茎上顶着金灿灿的一大朵，看起来就像花朵是从地上涌出来似的，花瓣层层绽放，浑身金灿灿，耀眼极了。花盆上插着个小牌，上写“地涌金莲”。卖花人笑说，过年就是图个吉利，这浑身金灿灿的地涌金莲，就像黄金从地上长出来一样，多吉祥呀！

地涌金莲，花名颇为形象生动，寓意也极其美好，高贵又富足，蕴含着普罗大众追求的愿望。难怪，很多广州人在春节逛花市时都喜欢买一盆地涌金莲回家，为日子添一份吉祥和期盼。

广州人喜欢富有美好寓意的地涌金莲，不仅过年时随处可见，平常日子里，也常常能见到它的花影。

4 月 23 日世界读书日，我应邀去同福中路参加一个读书活动，到达的时间早了些，我便跑到一旁的海幢寺去看看有什么新奇的花草。这么一看，就看到了一株气势磅礴的鹰爪藤，香气浓郁，绿叶婆娑，茂盛的枝条蔓延在六角石栏顶上，如绿色大伞一般，满树花，满树果。那果，是状如橄榄般大小的绿果，不仅树上挂着很多，还掉得满地都是。树上的花，也长得很奇特，一朵朵钩在枝梗上，六瓣花瓣弯曲，状似鹰爪。鹰爪似的花儿，开放后会由绿色渐变成黄绿色，最后变成黄色。满树绿色、黄绿色、黄色的“鹰爪”花，你推我挤，缤纷又喧闹。

这是我第一次看到鹰爪藤开花和结果都如此壮观的景象。其实在这之前，我也曾经在华南植物园、黄埔古港等广州很多地方见过鹰爪藤开花和结果。但与海幢寺这棵鹰爪藤相比，就像婴儿与成年人的区别了。一旁有文字介绍说：这棵鹰爪树是海幢寺的瑰宝，至今已有 400 年的历史，年代比海幢寺还要久远。因而，“未有海幢，先有鹰爪”之说，也在广州民间流传甚久。

400 年光阴，看遍了岁月流转，这棵鹰爪的风华与气度，自然也不是一般的鹰爪所能比拟的。惊叹之余，再往旁边一看，竟然看到地上种着十几株地涌金莲，一个个顶着金灿灿的花朵，从地下“涌”出来，金光璀璨，亮得我都挪不开眼睛了。威武鹰爪，与辉煌地涌金莲同框。看来，海幢寺的园林设计者还是颇有些“别具只眼”的思路的。

世界读书日过后，我和朋友相约，沿着依山而建的广州“云道”漫步。广州“云道”于 2020 年 5 月向市民开放，全长约 8 千米，通过架空的步行栈道，串联起广州城区内的中山纪念堂、越秀公园、花果山公园、雕塑公园、踏芳园、麓湖公园、聚芳园、白云山八大城市公园。一路美景蜿蜒，人既可在“空中漫步”，又可赏林览湖，更可四季逐花。迅速地，广州“云道”便成了市民游览广州的打卡地。

在“云道”中悠然“空中漫步”时，我不期然地再次与金灿灿的地涌金莲相遇。地点是在麓湖和越秀公园。

在麓湖的白云仙馆遇见地涌金莲时，同行的朋友们一个个赞叹不已:“第一次见到这么挺拔壮硕的地涌金莲，太惊奇了！”在这之前，我也曾见过不少地涌金莲了，但还从来没看到过茎秆如此挺拔壮硕的。我平常看到的地涌金莲，虽然也有茎秆，但茎秆都不是很高，也就十几厘米高，也不算粗，一只成年人的手便能握住。但此刻，在白云仙馆看见种在花盆里的十几盆地涌金莲，茎秆高度已经可以用米来计算，茎秆粗粗壮壮，两只手都捧不过来。

从前，因为地涌金莲茎秆矮，我也不曾注意过它的茎秆究竟长成什么样。如今一看，那高高壮硕的茎秆，却是红绿黄三色相间，一瓣叠一瓣，有序地向上伸展，长得像花一样美，绚丽得像一幅油画。

茎秆都长得像花一样好看，茎秆顶端又顶着一朵金灿灿的金色花，这地涌金莲，真是越看越招人喜欢了。

此时此刻，忽然觉得，从前看到的地涌金莲都偏小家碧玉了。如今看到的地涌金莲，才是一个个威武挺拔的酷哥们。而且是穿着花衣的，让人眼前一亮的酷哥们，绝对是让人过目难忘！

白云仙馆建于 1812 年（清嘉庆十七年），是祭拜纯阳子吕祖（吕洞宾）的地方。观里的小道士看我们对着高高壮壮的地涌金莲拍个不停，便笑笑说：“我们这里的地涌金莲，因为天天听经，所以长得特别的茁壮和出众。”

我和朋友们也忍不住笑了。走出白云仙馆，我们一边闲聊着在白云仙馆遇见的地涌金莲，一边沿着麓湖西侧的“云道”而去。穿过雕塑公园和花果山公园，很快就到达了越秀公园。

刚进入越秀公园，在楼梯旁的一个小观景台上，又撞见了一小片地涌金莲。

越秀公园的地涌金莲，不是种在花盆里，而是直接栽在地上的，长得比较矮，就像海幢寺里看见的那十几棵地涌金莲一样，几乎连茎秆也不怎么看得见，就只看见一大朵金色大花，在灿烂地开着。一眼看去，真的就像花市里卖花人所说的那样——就像是黄金直接从地上长出来一样。

刚刚惊叹过白云仙馆那些挺拔壮硕的地涌金莲，眼前这几丛矮小的地涌金莲，自然就算不上亮眼了。不过，让我们惊喜的是，越秀公园地上长出的一朵朵地涌金莲，花型非常好看，花瓣层层叠叠，细密有序，花瓣尖还有一点嫩嫩的粉红，整朵花显得既典雅又高贵。每一瓣的叶腋处，还能看到很多小花朵，黄白相间，清柔娇嫩，让整朵花于高贵典雅中更添了一份精巧的美丽。

走广州“云道”，花缘不浅，一日遇见两次地涌金莲。白云仙馆的地涌金莲，像长在壮硕的树干上，颇有一股酷帅的气度；越秀公园的地涌金莲，像从地里长出的黄金般闪亮，洋溢着一份典雅的风情。

花开两色，一酷帅，一典雅。各美其美，有趣有趣！

冬日『香雪』飘，梅花村里说梅花

踏雪，访梅。这是冬日里最富诗意的生活韵致。

冬季的广州，没有雪景，却有着独特的梅花雪海——清雅绝尘的“香雪”梅花，飘呀飘，袅袅香醉人！

萝岗香雪公园，自然是广州最富盛名的一处“踏雪”赏梅之地了。

萝岗香雪公园位于黄埔区萝岗街道，占地 1000 多亩，距离广州中心城区 30 千米。公园里遍植各种梅花，其中白梅居多。繁花盛放如雪的美景，最早始于宋代。同时，又因特殊的自然条件，常梅开二度，花色有红有白。每逢农历岁末，冬至前后，白梅花率先盛放，繁花如雪，“萝岗香雪”胜景由此而来。1963 年，萝岗香雪被评为羊城八景之一，一度扬名海内外。当时，广州市民形成了冬至去萝岗赏“雪”的习俗，由此也弥补了广州无雪的遗憾。郭沫若在游历了“萝岗香雪”后，还曾留下了“岭南梅花浑似雪，萝岗香雪映朝阳”的佳句。20 世纪 80 年代后期，因病虫多发,“萝岗香雪”的繁华盛景曾一度衰败。2005 年广州对萝岗香雪公园进行重建，如今的香雪公园种植有 6000 多株梅花，又恢复了梅花盛放、繁花如雪的盛景。每年冬至前后，广州市民都络绎不绝地前往“萝岗香雪”赏梅。

我也曾赶过一趟萝岗香雪的赏梅潮。记得那是 1 月 1 日，萝岗香雪进入了盛花期，为了赶时间，我们一家打车前往，车开到离香雪公园还有很长一段距离的地方，就塞了车。等了好一会儿，车还是一动不动的。司机告知:“肯定是到萝岗香雪赏梅花的人太多了。我年年载客到这里，都会大塞车的。也不知会塞到什么时候，虽然离香雪公园还有两三公里，建议你们还是走路前往更快些。”

下车后，我们一看，车塞成长龙，走路的人也排成长龙。终于看到了香雪公园的大门，又是排了一番长队，好不容易才进到公园。放眼望去，一排排一列列一片片的梅花迎风绽放，风拽花舞，不似飞雪胜似飞雪，非常有诗意的画面。但花海里人头涌涌，花树下人声鼎沸，看过来看过去，都是游客的身影。转悠了没多久，我们便索然地离开了。后来，我们一家专门在梅花尚未开放的时节，前往萝岗香雪公园重新探胜，青绿的梅林，绵亘数十里，清幽静谧，甚喜。

此后，每年梅花盛放时，因为害怕萝岗香雪太过热闹，喜欢幽静的我们，反而更爱去广州市区内的另一处赏梅胜地——梅花谷“踏雪”赏梅。

梅花谷，就在广州市的“市肺”白云山上。具体说来，是位于白云山明珠楼游览区黄婆洞水库北侧，占地5万平方米。梅花谷的梅花，品种繁多，有宫粉梅花、垂枝梅、果梅，还有从日本引进的小巧精致的日本梅。元旦前后，正是梅花开放的时节，各种梅花争奇斗艳。果梅，朵朵纯白胜雪；宫粉梅，峭立枝头簇簇殷红……整个梅花谷暗香浮动，既赏心悦目，又洗涤心肺，一举两得，甚美好！

梅花谷，到目前为止知道的人并不多，因此一年四季都比较幽静。就算是梅花盛放的时节，游人也不甚多。如果你比较喜欢安静地“踏雪”赏梅，喜欢欣赏梅花那香清寒艳、淡雅圣洁的意境，可选择梅花初开，或临迟暮时节，到梅花谷赏梅。这个时候，只有三三两两的游人，枝头上零零星星地开着几朵花，花瓣娇小玲珑，花色粉粉白白，花蕊细软透明，花药金黄闪亮，花香清清幽幽地缠绕在周身。这样的赏梅光景，真的有了一种宁静淡远、清雅绝尘的美境。

我一直以为，这种清雅绝尘的美境，挺文人气的。我喜欢这股文人气，所以到白云山梅花谷赏梅花，基本上是在梅花初开，或迟暮时节。静静地，缓缓地，感受着梅花细细的呼吸，香香的，一缕一缕，沁进心扉里，只觉得从冬到春，一路花开，一路诗情，美得很。

梅花开时，香气袭人，枝头上常常飞舞着很多蝴蝶，但如果赏花的人太多，人声嘈杂，就会惊得蝴蝶匆匆停留梅花一刹那，立马就飞走了，让人很难捕捉到“蝶恋梅花”的痴迷画面。所以，去梅花谷赏花，想拍梦幻唯美的“蝶恋梅花”，最好是趁早（梅花刚开）或赶晚（梅花临暮）。

宫粉梅花枝上，花开三两朵，却已有五六只蝴蝶绕着花朵儿蹁跹飞舞。此时，梅花谷里没什么游人，蝴蝶也显得安闲，飞一会儿，就逗留一小会儿在粉红的花朵上，我举起手机，轻轻松松地就连拍到了蝴蝶“痴恋梅花”的美景。

拍花多年，这还是我第一次拍到“蝶恋梅花”的美景，心情激动极了，赶紧把“蝶恋梅花”组图发上朋友圈，一下子就引得朋友们蜂拥围观。朋友们留言，赞个不停——好美的蝶恋梅花哟！偷图，转圈！偷图，写首“蝶恋花”去！当天晚上，有一位朋友还真写了一首诗《岭南梅》:“分明老瘦一枝梅，移入东南雪不陪。最怕情长香梦远，迷离彩蝶枉为梅。”

蝶恋梅花，是岭南特有的美景！岭南以北，梅花盛放时，是没有蝴蝶的。正如林逋在《山园小梅》中所说的“粉蝶如知合断魂”！因此，岭南以北的人，只能看到“蝶恋花”，无法看到“蝶恋梅花”。在白云山梅花谷，能看到和拍到“蝶恋梅花”，也值得珍惜一番了。

到梅花谷看梅花，不仅赏心悦目洗涤心肺，能拍到梦幻唯美的“蝶恋梅花”，还能让人忆起一位有着梅花气质的奇女子。

这位有着梅花气质的奇女子叫张乔（1615—1633），字乔婧，号二乔，是明末广州著名的歌伎，能歌善琴工画兰竹，尤好诗词，现有诗词集《莲香集》遗世。她虽身处烟花巷陌，却洁身自爱，不奉承权贵。当时广州名士陈子壮结南园诗社，张乔经常参与诗社集会，为诗人弹琴伴唱，作画助兴。其间，也常有达官贵人垂涎其美色，欲娶其为妾，但张乔不贪图荣华，像迎风斗雪凌寒怒放的梅花，芳香自洁。

1633 年，张乔因病而亡，年仅 19 岁。番禺名士彭孟阳多方筹钱，将张乔的尸身从烟花之地赎了出来。张乔出殡之日，百余羊城文人墨客手持百种鲜花，前来为其送葬，并将鲜花栽植在其墓旁。因为百花环抱其墓，故史称“百花冢”。当年埋葬张乔的“百花冢”，就在白云山东麓的梅花坳（今沙河梅花园）。清乾隆年间《楚庭稗珠录》记载：“百花冢在白云山麓梅花坳，粤伎张二乔葬处也。”

坳，字典里的解释是“山间的平地”。梅花坳，意指长满梅花的山间平地。想来，当年命名为梅花坳，也许是这个地方曾经梅花成林吧。时至今日，梅花坳鲜少人关注了，而早已种上成林梅花的梅花谷，也不在白云山东麓，而是在白云山西麓。梅花谷与梅花坳，方位上看，已是南辕北辙。但，年仅 19 岁的奇女子张乔，却一直如梅花，芳香在白云山麓，宁静淡远，清雅绝尘。

除了香雪公园和梅花谷，其实广州市内还有一处赏梅的幽谧之地——梅花村！

从梅花村公交站下车，往前十来米，即到梅花村。梅花村是广州越秀区的一个著名社区，有着深厚的历史文化积淀和人文底蕴。梅花村原名“松岗模范住宅区”，20 世纪 20 年代末开始规划兴建，陈济棠等 20 多位国民党军政大员在此大建别墅。1932 年 5 月 19 日，当时的广州市政府召开第七次市政会议，通过了“市长提议拟改东山模范村为梅花村案”的决议，梅花村从此“诞生”。据记载，梅花村历史上曾广种梅花。2010 年，梅花村居民纷纷自发认养梅花，如今整个社区形成了袅袅飘香的梅花雪海。

每年 1 月，梅花村都会举行梅花文化节，梅花争奇斗艳，白梅如雪清雅，偶尔也有粉梅娇俏可爱……整个梅花村，暗香浮动。如果你看过了闻名的萝岗香雪，刚刚走进梅花村，可能会觉得此处的梅花开得有些疏落，但梅花村的奇特气质，胜在“居家门前可赏梅”，有一股暖暖的、闲闲的烟火气，常常吸引爱梅人士“闻香而来”。

我喜欢从西门和正门进入梅花村，这是最佳的梅花海观赏地。梅花树摇曳在两栋楼之间，梅花村一间间住家的窗门前，花影摇曳。游人三三两两，梅花静静地、香香地开呀开。闻香而来的蝴蝶也一派安闲，让我很容易就能捕捉到“蝶恋梅花”的痴迷画面。这样的赏梅光景，有一种宁静淡远的美境。

徜徉在这种美境下，时不时，我还能听到住家“咿呀”一声地开门，偶尔还会飞出一两句温润的问候：“赏香雪来了！花开人惜，梅景长留哟！”问候如歌，静静地，缓缓地，伴随梅花的香气，一丝一缕，沁进心扉里，一路诗情，美得很！

一年无日不看花

第一次搬新家，两房一厅，还有了一个小阳台，正巧面向校园的十字路口，视野开阔，左边是图书馆，左前方则是教学楼，书香气息浓郁。心想，有了浓浓的书香，如果能再来点花香，这日子就真是美美的了。

想了，就干！先到学校附近的上社市场，买回 10 个小花盆。因为阳台不大，也只能种些小巧一点的花花草草。选择种什么花草也不费思量，就是希望一年四季都能看到有花儿在开放。于是，种上了春天的杜鹃、贴梗海棠，夏天的鸢尾花、使君子，秋天的千日红、秋海棠，冬天的茶花、舞女兰，还有石菖蒲和文竹。

喜欢石菖蒲和文竹，倒和开不开花没什么关系。这大概只是读书人的一种癖好罢了。明代王象晋的《群芳谱》中记载："乃若石菖蒲之为物，不假日色，不资寸土，不计春秋。愈久则愈密、愈瘠则愈细。可以适情，可以养性。书斋左右一有此君，便觉清趣潇洒。”古代文人，把石菖蒲作书斋案头的清供，日常随意摆设，清趣潇洒。我呢，也想沾沾文人气息，经常把石菖蒲作为书房的案头摆设。当然，文竹也是我书房案头摆设的常客。文竹的叶片轻柔，密生如羽毛状，葱茏苍翠，似碧云重叠，姿态文雅潇洒，放置书房，净化空气的同时，也增添了书香气息。

把这 10 盆花草种上时，已是春末。本该在春天开花的杜鹃和贴梗海棠，种到我家小阳台时，已然错过了花期。其实也好，让它们积蓄一年的能量，来年应该会长得更耀眼吧。

其实，我选种的这 10 种花草，都不娇贵，也相对容易养。现代都市人工作忙碌，虽然花香书香很文雅，但在为了生活拼命工作的日子里，书香花香也多半只能属于生活的调味剂。既然是调味剂，投入的精力当然是有限的，所以，种些不娇贵容易养的花花草草，当是最合适的。忙碌一天后，回到家，吃完晚饭，喝喝茶，再给花花草草浇些水，省时省力，却又怡情怡神。

初夏过后，鸢尾花和使君子如期开花了。使君子花小巧，初开时白色，尔后变为粉红色，再变为艳红色，数天容颜三变，真真有时尚范儿。鸢尾花则开得颇有艺术气质，花瓣反卷，像个小巧的望远镜，蓝紫色中杂糅着水样般柔软的白色线条，透明透亮，如梦如幻。我常常喜欢一边看鸢尾花，一边读舒婷所写的长诗《会唱歌的鸢尾花》，那真是读得满心满眼的花香，满心满眼的诗情画意呀！

秋天来临，秋海棠率先开花了，红红艳艳颇为耀眼。千日红，也紫紫红红开了个透，那模样儿，有的圆溜溜的，有的是长椭圆形。当时儿子小朱只有1岁半，看着天真可爱的小朱，我总觉得，千日红圆溜溜的小脑袋，就像咱家的小朱一样天真浪漫；而大长椭圆形的千日红，就像咱家的老朱，壮实敦厚。每当小朱和老朱一起站在千日红花前，那画面真好看：一旁是圆溜溜和长椭圆形的千日红，一旁是天真浪漫的小朱和高大威猛的老朱，花与人，相映成趣，让我看得欢喜无比。有时候，我也会把千日红摘下来，泡上一壶幽香隽永的清茶，一家人边喝茶边闲聊，倒也是喧嚣生活中难得的悠闲。

阳台上种的茶花，是连城红。冬天的广州，虽然寒冷的时间不长，但每逢冷飕飕的日子里，连城红一开放，红艳得很，似乎能把寒气逼出体内，让人满心灼热。舞女兰，花如其名，盛开的金黄色小花，有手有头有腰身有长裙，真宛如一群穿着衣裙翩翩起舞的女郎。冬天，春节、元宵节，美好的节日一个接一个，真的是个载歌载舞的好时光。养花看花，能如此尽兴，甚是美好。

歌舞时光过后，春天悄然而至，贴梗海棠也悄悄地开了，猩红的花色，如跳跃的火焰，此情此景，用成语“如火如荼”来形容，最恰当不过了。当然，积蓄了一年的杜鹃花，也当仁不让地开得火热灿烂。我家的小阳台，种着的是一盆绯红的杜鹃花，年年立春过后，说开就开了，枝枝缀锦，朵朵流霞。沉醉在杜鹃花构成的艳艳春景里，再配上暖暖的春阳，人们通常所说的春光明媚，再也没有比此时更恰当的了！

一年又一年，因为有花花草草的陪伴，我家小阳台，风光艳艳。而我们一家呢，一年四季都能种花看花，“一年无日不看花”的日子，自然是甜美无敌啦。

只可惜，我家阳台上“一年无日不看花”的美景，却随着再一次的搬家，离我们远去了。这一次，我们从广东技术师范大学搬进了华南师范大学。三室一厅，房子虽宽敞了，但是阳台小了，还背阴，基本照不到什么阳光，种花种草就很难了，这让爱花的我们一家着实有些惆怅。

虽然惆怅，但依然阻挡不住我们喜欢看花看草的炽热之心。家里看不了，也没什么要紧的，广州四季飞花，哪里都可以看到花开的盛景。此后，到广州的街巷和公园寻花、赏花，就成了我们一家人的乐趣。

后来，因为老朱的一位挚友喜爱爬白云山，为了周末和这位挚友相聚，他经常到白云山上去，开始是一个人去，后来是带着我和小朱一起去。一来二去，我们一家发现爬白云山带来的好处甚多。其中，最让我们乐此不疲的一件事，当然是看花！

说起白云山，我以为，这是生活在广州的一大幸福——市区范围内，竟然有这么大的一座自然山体，简直让其他城市的人根本无法想象。白云山山体宽阔，30 多座山峰绵延成片，沟沟壑壑，层峦叠嶂，让我们很容易痴迷。而白云山的一花一木，也同样让我们痴迷无比。我们在山上认识了很多新奇的花木，比如，红楼花、羊角拗、金丝熊猫、金杯藤、钞票树、猫尾木、米老鼠树、假鹰爪、腊肠树、银叶金合欢、水上天堂鸟、黄金万两、紫玉盘、鬼灯笼、蓝雪花、金凤花、龙吐珠、曼陀罗、石菖蒲、希美丽……数也数不过来。

20 多年来，我们一家的周末光阴，偶尔是到广州街巷寻芳赏花，更多的则是到白云山上浪荡来浪荡去。山花养眼，身心康健，真是爬山赏花两不误！乃至后来，白云山的一花一木，什么季节开花，哪里的花开得最茂密、最灿烂，我们了然于心。换句话说，白云山简直就成了我们家的“后花园”！

后来，每当周末，我们一家背起背包出门，碰上熟识的朋友，一个个都会打趣我们说：“又全家一起到‘后花园’去了？”我们笑答：“是呀，是呀！”虽然人离白云山还很远，但我们一边答，一边已是满心的欢喜，满心的花香。

生活在红尘滚滚的广州城，有一座属于自己家的后花园，四季葱绿，花草芳香，那当然是非常幸福的！我想，我们一家对白云山这座“后花园”的热爱，其实就是去热爱一种属于自己的审美生活。同时，也是在用诗意的态度去面对生活百态，并诗意地栖居于自己所能够掌控的生活之中。

“山中信步随芳草，亭上闲来倚白云”——这是刻在白云山一个小亭子上的对联。这座小亭子，地处白云山中路，名字很雅，叫“惠风亭”。对联既包含了白云山的名字，也描绘出了爬白云山的妙境：有山，有芳草，有白云——天朗气清，惠风和畅，闲庭信步；白云亭畔展，花香山间飘。试想，如果一个人能把一年四季的光阴，都抛掷在这么美妙的地方，自然是快活得不像话了！而我们家，就是这其中“快活得不像话”的人之一！想来，在花城广州，自然也是有很多这样陷入花海的人吧。

白云山的广州碑林里，还挂有另一副对联——“四面有山皆入画，一年无日不看花”，这副对联，有山，有花，有画，很闲雅，很舒畅，我们一家同样也非常喜欢。的确，四面环山，有花有草有白云的白云山美如画，而我们一家三口，一年四季都在这美如画的白云山上，与四季飞花的花城广州甜蜜相伴。看花逐花，一直延续着“一年无日不看花”的花样光阴，那当然是——美如画，美如花啦！

芦荟花田里的春天

2015 年春分的前一个星期，我收到了一份邀约："在春分的时候，到芦荟山谷一游吧！那里有光，有酒，有芦荟花……"

这是诗人黄礼孩发来的春光请柬——去广州增城的健桥山水田野芦荟农场，赏"山谷里的诗歌"艺术诗会。在芦荟田里，在芦荟花海里，触摸春之美色，只是轻轻想象一下，也感觉那定是即将发生的一场美妙又迷人的相遇。

当然，有光，有酒，有芦荟花。这三个意象里，最吸引我的，无疑就是芦荟花啦！

我喜欢花，但我从没亲眼见过芦荟开花。以前，每当听到我不认识的花名，我必定是迫不及待地翻花书或上网查查，看看此花到底长什么模样儿。但是，如今听到芦荟花这三个字，却没有想立刻去看看它长得如何的欲望。不是怕花不美，而是想给自己预留一些想象的空间。

以前，我在家里的小阳台上也种过芦荟，对芦荟也算是熟悉了，但这芦荟只长胖乎乎的带刺儿的绿叶子，却从不曾开花。我对芦荟的那份感觉，有点像是小时候的玩伴儿一样，其实挺熟悉它们胖乎乎的脸蛋，但当“玩伴”长到二八年华，我却再没见过它们开花的俏模样。预想一下，二八芳华时，来一场面对面的相遇，应该会有许多意想不到的惊喜吧。

春分那天，午间，与诗人们一起坐车前往山水田野芦荟农场。一路上，几位女诗人闲聊起芦荟，都说没看过芦荟开花，只有一位女诗人说看过，那花儿长得很像禾雀花，绿绿的。听了这个描述，我觉得芦荟花实在不稀奇。虽然长得像一个个小禾雀的禾雀花是很好看，但禾雀花在广州很多地方都能见到，我实在太熟悉啦。原来，二八芳华后相遇的芦荟花，长相也没多么出人意料，还是我很熟悉的那个模样罢了。

一个小时车程，很快就到了农场。下车一看，四周是山，山谷的盆地里，是零星的低矮房子，以及大片大片、一垄垄绵延不断的芦荟田。田里，绿莹莹的芦荟，从片片伸张着的丰腴肥厚的叶子中间挺拔出一秆秆高高的花秆。秆上，缀满了穗状的葱绿色芦荟花。相比胖乎乎的芦荟叶子，这芦荟花秆倒是显得纤瘦多了，有种亭亭玉立的风范。这感觉很不错！女大十八变，与二八芳华的芦荟再次相遇，芦荟花全都蜕变成流行的骨感美女啦。风一吹，一秆秆的穗状芦荟花，仿如披着一身绿纱的妙龄少女，盈盈摇曳。

不多说一句，直奔芦荟花田而去。一秆秆的芦荟花，层层叠叠的花朵，形状如圆锥形尖塔，铺排着自下而上聚拢。每个花朵，呈筒状，小巧得就好像一个个婴儿的小手，嫩嫩的，可爱又水灵。刚长出来的花，是翠绿色的，待花口张开，吐出黄色的小花蕊，整朵花就变成了淡黄色，微微低垂着，一副娇羞的邻家女孩样。由于整秆花朵是自下而上开放的，所以，放眼望去，一秆秆的穗状芦荟花全都是很整齐的上翠下黄的娇美样，把山谷撩拨得春情漾漾。

挺有意境的是，芦荟花的花蕊，是一种微吐的状态，就如同一个女儿家，红唇轻启，似开未开的迷离样，让人生发无限的遐想。娇羞迷离的芦荟花，一点儿也不像禾雀花的花容。禾雀花，长得像一只小小的禾雀，开起花来，一串串挂在林间，如同小鸟，叽叽喳喳，热闹得很；而芦荟花，却是筒状形，花儿低垂着，一秆秆独立地开放，气质婀娜又清雅。但，为什么那个女诗人会说芦荟花长得像禾雀花呢？或许，对爱花爱诗的女子来说，自有对花儿的一种独特的审美意象，像与不像，都是自我沉醉罢了。

就如同现在的我，陷入芦荟花海里，拿着手机，兴奋地对着花儿拍个不停。被誉为有古典美的诗人美女林馥娜说：“小娴一看见花，就醉了。”还真的是醉了，一边拍一边捏捏吐蕊绽放的芦荟花，满手都是甜腻腻的花蜜，蜜蜂、蝴蝶绕着花转、绕着手飞舞。然后，染了一身甜腻腻花蜜的我们，一路“醉”了下去。

先是“醉”进了“山谷里的诗歌”艺术诗会。诗会现场就坐落在芦荟花海中，芦荟田边的小路上，铺着长长的红地毯，诗人们踏上红地毯，一起放飞小鸟，放飞“春天的翅膀”。在芦荟花海里，在清爽山风里，在洞箫声声中，诗人们动情地朗诵诗歌，赞美春光，赞美春花：“一束芦荟就是一个梦境，春风集聚在它的头顶”……诗人们的倾情朗诵，“将一山的春天，忽然拉到眼前”，让我们一颗颗聆听春天的心，雀跃得清香四溢。舞蹈家阎红霞，着一袭绿长衫，舞一曲《花非花》，整个人就犹如芦荟田里亭亭玉立的绿色芦荟花，迷离、妙曼、妩媚。一如诗人黄礼孩对这场芦荟花田诗会的阐释：“选择用诗歌的方式去表达对大自然的爱，借助芦荟地里的春天，让诗歌走进大自然，走进芦荟花海是一种创新，也是一种诗歌的本真。”

聆听完山谷里的诗歌，接着便去探访山谷里的居民。诗人安石榴带着我们，走弯弯的田埂，穿弯弯的小溪，进到了他的责任田“修安谷”。“修安谷”有座茅草小凉棚，棚边有方小鱼塘。“修安谷”这个名字，谧静、温婉，与长满芦荟花的山谷，有一种无以言说的亲密感。那感觉，就像是两个气质相互吸引的美女帅哥，在最恰当的时间、最好的地点、最美的年华，一见钟情地遇上了，从此心心相依。

山谷里的居民，纯情又大方，爽朗地招呼我们随意采摘山谷里的花朵。拿来炒鸡蛋，这就是一道美美的芦荟花美食呢。于是，诗人们散落到芦荟花海中，就像是一首首诗歌灿开在花丛里，花香、风香、手香、心香，一切都浪漫无比！山水田野芦荟农场的主人陈嘉平，一直说着一句暖心的话——“浪漫的男人，最懂爱情”。的确，能“与最爱的人，一起游芦荟花海”，那是一件多么迷人浪漫的事。晚上，诗人们一起聚集在芦荟花田边，灯光下，一起喝芦荟花饮料，吃芦荟花炒鸡蛋，真是一场“有光，有酒，有诗，有芦荟花”的盛会。

我还把自己摘下的芦荟花带回了家，说要用芦荟花炒鸡蛋。错过看芦荟花田的老朱，疑惑地问我：“芦荟花也能吃？真不知道哩！”我说，很好吃呢，我在山水田野芦荟农场里已经吃过了。第二天，我用清水轻轻冲洗好芦荟花，再拌上鸡蛋，点上中火，清炒一番，上桌，黄橙橙绿莹莹一碟，色泽十分诱人。吃上一口，满嘴飘香。一大碟芦荟花炒蛋，很快被吃光光。

春分，是春天的开始，到芦荟花海里：听山谷里的诗歌，看山谷里的居民，摘山谷里的芦荟花，喝清香的芦荟花饮料，吃香香的芦荟花炒蛋。这样的春分，真真是——花香盈袖，诗意流淌，浪漫满怀，美味满心。

后来，我把山谷里赏芦荟花的情境，以及吃芦荟花炒蛋这道美味发上微信朋友圈，朋友们的点评，讶异又艳羡——“芦荟花，头一次见”“好奇特，很少人见到芦荟花开”“哇！以前只知道芦荟可以美容，没想到芦荟花还能做菜吃呀！”……

的确，芦荟少见花开，这是一种常态。就像我，也是在2015年的春分这天，才首见芦荟花开。但生活中总会有一些意想不到的奇事发生，就像平常少见的芦荟花，却在山水田野芦荟农场，开遍满山谷；就像诗歌，平常都是在都市的舞台上吟诵，如今却也在开满芦荟花的山谷里吟唱起来。我觉得，美女燕子在我微信上的留言，应该是对这一场发生在芦荟花海里的艺术诗会最好的赞美、最好的解读——“咏春拳，突然想起这个词。文学也可以这样出拳：芦荟山谷里的诗歌盛会——歌舞春天，亲近缪斯，清新脱俗。”

『醉』美夏荷，『荷』你相约

“出淤泥而不染，濯清涟而不妖”，自北宋周敦颐在《爱莲说》中写了这名句后，具有纯洁清正品质、在艳丽中保持着高雅的荷花，有了“花中君子”的美誉。从古至今，文人骚客们多有偏爱。

一踏入六月，广州就变成了荷花的天堂。有爱花人还曾经梳理出了广州 11 个区的赏荷之地：越秀区的烈士陵园、流花湖公园、东山化工园；荔湾区的荔湾湖公园；海珠区的海珠湿地公园、晓港公园、土华荷花池；天河区的华南植物园、华南农业大学湿地公园；白云区的白云湖公园、螺涌公园；黄埔区的莲塘古村、深井古村、大吉沙岛、萝岗香雪公园；花都区的红山村；从化区的吕田镇草铺、铺锦村、江浦街道下罗村；增城区的东镜村、增城东湖公园；番禺区的莲花山、石基镇、大夫山森林公园、宝墨园、坑头村、沙湾古镇；南沙区的南沙湿地公园、黄阁莲溪村、东涌大稳村。

整个夏日，广州每一个街区，荷花灼灼开，“醉”美夏荷，“荷”你相约，就成了羊城人最浪漫的一件花事了。

6 月底 7 月初，去烈士陵园的荷塘赏盛花期的荷花，是很多广州赏荷人的首选，我也不例外。

从烈士陵园地铁口出来，就是烈士陵园东门。走进去，就可以看到一个巨大的荷塘。如果你走错了门，只要张口问一问，在园内溜达的广州人会一边热情地给你指路，一边向你大赞今年荷花池的荷花开得如何美。如果你不想问，这也不打紧，你只要看一看公园里扛着“长枪短炮”的发烧友们往哪儿去，紧跟他们走就行了。当然，你不看不问，只要勤快地动动鼻子，吸吸气，嗅着荷花的浓香而去，也一定能很快到达荷塘——因为烈士陵园里的荷塘大呀，荷花的香气浓呀，在整座陵园里飘来荡去，嗅到最香浓处就是荷塘了。

烈士陵园的荷塘面积有多大？——达 9000 平方米！它是广州市区内首个大面积种植荷花的公园，种植历史近 20 年。据说，这荷塘面积也是广州最大的。从初夏到盛夏，9000 平方米的荷花，开得一片烂漫，粉嫩荷花风姿绰约，碧绿荷叶凌波翠盖，组成一幅“接天莲叶无穷碧，映日荷花别样红”的写意画卷。

每次走进这幅写意画卷，我都喜欢绕荷塘溜达上一整圈。荷塘四周建有不少观赏台，那是观赏和摄影的最佳之地。摄影发烧友早已架起“长枪短炮”，对准荷塘的朵朵荷花，拍摄荷花百态；

他们拍照的姿势各异，亦如一道有趣的风景线。还有画家们，正在挥动画笔，凝神捕捉荷花风姿娇媚的各种美态。更多的是普通爱花市民，随意闲逛，随手一拍，不论是“小荷才露尖尖角”的花骨朵，还是半开半掩、鲜艳灿开的荷花，都非常上镜。

如果遇上雨天，晶莹剔透的水珠，在荷花荷叶上面滚动，一池碧水、苍翠荷叶、娉婷荷花，更增添了几分仙气。如果眼神好运气好，还能找到罕见的并蒂莲。如果拍照技术够好，荷塘还有不少鸟类，还能抓拍到鸟儿站在荷花枝头上的超萌模样。

烈士陵园观花的人很多，拍照的人很多，画画的人很多。但荷塘四周，却始终保持着一份宁静。荷花是君子花，赏荷花的广州人也是优雅的君子。君子与君子，相惜相对，那真是浪漫得无以复加。

我也曾去螺涌公园观赏过荷花。这座公园坐落在白云区松洲街螺涌围，离我住的地方很远，折腾了 2 个多小时才到。我一开始想去螺涌公园，并不是只想去赏荷花，而是准备去寻找“泮塘五秀”。“泮塘五秀”是古时广州泮塘（今荔湾湖公园、泮塘路、南岸路、中山八路）一带种植的莲藕、马蹄、菱角、茭笋、茨菇共五种水生植物的美称。因为味道香甜，口感爽脆，粤菜中还推出了以这五种水生植物炒成的经典名菜“泮塘五秀”。但如今到餐馆，已经很少能吃到纯正的“泮塘五秀”了。即使你点了这道菜，端上来的，很多时候也只保留了藕片和马蹄。菱角、茭笋、茨菇通常用木耳、百合、核桃等替代了。有时，甚至直接用荷兰豆之类的非水生蔬菜来替代。

螺涌公园，还有个名字叫“五秀公园”。据说，是因为种植着可食用又具观赏特征的莲藕、马蹄、菱角、茭笋、茨菇五种水生植物。绕着公园转悠了两遍，除了荷花能长出莲藕，马蹄、菱角、茭笋、茨菇这四样，都没见着个影，不知道是不是季节不对。

没找到“泮塘五秀”，欣赏一下螺涌公园里的荷塘也是极好的。只见一条小路环湖，池边四周树木环绕，沿路有亭台长廊，还有跨塘拱桥，自有一派古色古香。时值6月初，塘里的荷花，还开得很散淡，这儿一两朵，那儿一两朵，躲躲藏藏在葱绿的荷叶丛中。但荷塘边的亭台轩榭、石桥长廊，甚至湖边的泥泞小路，已经见到很多端着“长枪短炮”的发烧友们拍呀拍。

花，还未艳，“荷”你相约，就已经迫不及待了！这些发烧友们逐花的热情，也真是够痴迷了！

三角梅，惊艳了广州整个冬天

“抬头是你，低头是你，闭上眼睛还是你……”朦胧诗派代表诗人舒婷在《日光岩下的三角梅》中，描绘了三角梅姹紫嫣红、轰轰烈烈绽放的盛景。

三角梅，又称簕杜鹃。这是粤语地区特有的叫法。簕，广东话的意思是指植物身上的刺，因为三角梅身上长有硬刺，开花的时候像美丽的杜鹃一样整树都是花，所以被称为“带刺的杜鹃”，即簕杜鹃。

从植物学的角度来说，三角梅是一种“花非花”的植物。因为，它那最亮眼或最鲜艳的三瓣“紫花”“红花”“黄花”“粉花”，其实都只是彩色苞片。真正的花，是藏身苞片中的一枚小小白花，形成极富情趣的“三瓣一朵花”的独特花容。

广州各大天桥、立交桥、人行道、涌渠、民宅，都种植着数不清的三角梅。簕杜鹃本是原产于巴西的一种外来植物，传到广州仅仅数十年时间。但它适应力强，生长快，不需要过多打理。诗人舒婷说它具有一种坚韧不拔的文化气质。一向勇于开拓进取、敢为天下先的广州人，头脑开放，大胆创新，营造出了全中国最美的簕杜鹃花容——在城市的立交桥和天桥的路面两侧，大批种植上三角梅，已形成超过 200 千米的“空中花道”。

三角梅几乎全年都有花，但开得最繁茂、最壮观的却是在冬天。每逢冬天一到，满城三角梅竞相盛放，200 千米的“空中花道”，为广州城披上花衣，架起彩桥。绵延的红，绵延的紫，铺天盖地。不管走在广州的哪个角落，总会与轰轰烈烈的三角梅撞个满怀，完全就是一种让人心旌摇荡的诗意画面——“抬头是三角梅，低头是三角梅，闭上眼睛还是三角梅”。

姹紫嫣红的三角梅花道，惊艳着广州的整个冬天。繁华的钢筋水泥之城，因为有了三角梅，便多了一丝娇艳缤纷。所以，在冬天，请一定要走到广州的立交桥下，一定要站到广州的人行天桥两侧，这时候，全城的每一座人行天桥和立交桥，都已经变成了长长的“花桥”，灿烂的三角梅花带宛如一道道彩色的缎带绵延，望不到尽头。

广州大道上的五羊邨人行天桥，是我比较喜欢驻足观赏三角梅的地方。绕着人行天桥的弧形，8 条花带分别向广州大桥、珠江新城、五羊邨等方向延展，花阵壮观，气势恢宏。车流在花海下穿行，人站在桥下看，像是一条条“红围巾”戴在天桥上；人站在天桥上，仿佛是在色彩鲜艳的画中游。

可以这么说，每年萧瑟的冬天，因为广州的天桥、立交桥、人行道都种满了红艳艳盛开的三角梅，每一个广州人都可以穿过三角梅花海上班去。就像我，如果坐公交车去上班，从华景新城的 B9 路出发，一路上会经过华景新城路口的高架桥、暨大人行天桥、岗顶人行天桥、石牌人行天桥、天河立交桥、五羊邨人行天桥、广州大桥、客村天桥 8 处三角梅形成的斑斓“空中花道”。车在“空中花道”下穿行，人早已被三角梅的花海花带撩醉，再冷飕飕的冬日寒风，也吹不散三角梅带来的明媚好心情。如果我坐地铁 3 号线去上班，从客村地铁口出来，也会经过客村立交桥、客村人行天桥 2 处三角梅形成的“空中花道”，如果不赶时间，我还会拍拍“空中花道”的灿烂花容，晒晒朋友圈。其实广州的冬天，三角梅的“空中花道”，绝对是霸屏广州人朋友圈的一个热闹主角。

从 2017 年开始，广州市分别在流花湖公园、雕塑公园、白云山明珠楼景区举办过大型的“广州簕杜鹃（三角梅）花展”，蒙娜丽莎、拉斐泰、婴儿玫瑰、变色龙、新加坡白、奇特拉、胭脂红、加州黄金、伊娃夫人、芭芭拉卡斯特等品种丰富的三角梅，造型奇特，色泽缤纷，让市民们大开眼界，交口称赞。

至于我，印象最深的还是白云山明珠湖畔的“山之翔舞”花艺造型。这是由五彩斑斓的簕杜鹃（三角梅）组合而成的花艺作品。远远望去，一只高贵的孔雀，端庄地挺立着高傲的身姿，微微回头，“回眸一笑百媚生”，好让人艳羡陶醉！孔雀小巧的头顶插着几朵翡翠花，华丽的尾羽由红、黄、紫、橙、粉等众多颜色的三角梅花组合而成，铺满了大半个草坪。白天看，灿烂的阳光下，高贵华丽的孔雀，熠熠生辉；晚上看，孔雀的华丽尾羽，一闪一闪亮晶晶，更添了一种仙气飘飘的气韵，让人仿如有种醉入仙境之感。

轰轰烈烈盛开的三角梅，聚在花展里，很吸睛。但我更喜欢它散落在广州城市各个角落里的身影：趴在立交桥，成了“空中花道”；趴在巷陌的围墙上，成了“花墙”；趴在街边的人行道树上，成了“花树”。每年冬春，上班的每一天，我都在城市的“空中花道”中穿行。等到空闲的时间，我也特别喜欢去大小街巷里寻觅三角梅，赏赏“花墙”“花树”的清趣。

沿着斑驳的小巷，会看到很多老房子的阳台、庭院、围墙，斜出一簇一簇红红紫紫的三角梅，缠缠绕绕到一旁的树上。一墙墙的红，一树树的紫。红红紫紫的花丛下，经常会有一两只小猫，懒洋洋地晒着太阳，伴随着断断续续的人声，小猫“喵喵”地唤上几声，那真是很安好的一幅世俗生活场景。

人声、车声、三角梅，小巷、小猫、老房子，这常常让我觉得，一边是务实的现在，一边是诗意的过去——在三角梅花开绚烂的广州城里，不仅有生活的俗世，其实也还有诗与从前、诗与远方。

一夜狂风冷雨，满地落红铺绣

在广州，洋紫荆几乎一年四季都能开花。但最美的时候，是在冬天。

洋紫荆的花，紫红色，很大朵，形如手掌，但这手掌是有个大缺口的。

其实，这个大缺口，并不是真正的缺口。洋紫荆的花有五瓣，其中有四片浅色斑纹的紫红色花瓣对称地分裂于两侧，有一片则翘起在上方，上面布满比紫红色花瓣色调更浓稠的紫色彩斑纹。而就在四片花瓣对称地分裂于两侧的中间，出现了比其他花瓣之间的间距都宽大很多的“缺口”。粉红色花蕊，都一个劲地往缺口处伸出，倒也让整朵花显得挺均衡的。再加上这个缺口处正巧对着翘起在上方的有着紫色彩斑的花瓣，于是，彩斑花瓣与粉红色花蕊，两两相对，也增添了一种对称感、立体感，似乎也多了一份诗意。

但我一直对洋紫荆树的树形喜欢不上来。洋紫荆树最大的一个特点是歪歪的。单棵洋紫荆树，歪歪的，觉得也没什么不妥；但是如果洋紫荆成排，真是左歪右歪前歪后歪，乱得很，看得人眼睛发晕。所以，我一直认为，洋紫荆是一种最典型的不能看“下半身”，只适合欣赏“上半身”的树。

冬天一到，洋紫荆“上半身”开花了，满树紫艳艳的，本来就非常吸引人们的眼球了。然而，更让人惊艳的是，满树紫艳艳的洋紫荆花，个性很酷，最喜欢和寒冬里的冷风冷雨相爱相杀。每当寒冬的风吹过，那紫艳艳的花瓣便随风旋落，落得大街小巷、人行道、校园、白云山到处都是。萧瑟寒冬，广州城里却落红满地，让人实在无法想透：这一刻到底是冬是春？

我曾经看过最美的一次洋紫荆落红，是在 2015 年的 12 月 5 日。那天，气温只有 8℃ ~9℃，还下着挺大的雨。但早已预知必定会有惊艳美景出现的我，依然兴致勃勃地邀约数位友人登上了白云山。山上，见不到几个游客。一年到头经常人满为患的白云山，终于冷清了下来。我和朋友们是从南门进山，从一进门开始，雨中的白云山，就已经一路落红一路美了。但这种落红美景，一直到了黄婆洞水库往回归林路段处，才呈现出它的极致唯美。

回归林，是一个特殊纪念林和文化生态林。1997 年香港回归祖国，为了纪念这一盛事，广州市投资 80 多万元在白云山上兴建了回归林，并种上了 97 棵香港特别行政区的区花“洋紫荆”。

当时，我们走到回归林，只见洋紫荆花已经铺满了地面，到处都是一片红，看得我两眼放光——因为这满地耀眼的落红，竟然是整朵整朵落下的，真是太美啦！

平常，洋紫荆落红都是一瓣一瓣飘落的，很少整朵花一起落下，就算遇到比较强的降温天气，如果没有同时遇到冷雨潇潇，一般来说都不会形成整朵花同时落下，遍地都是整朵洋紫荆落红铺成锦绣地毯的盛景。只有像当天那样冷风和冷雨同时相遇，并且又碰上盛放的洋紫荆花季，洋紫荆花才能如此“动情”地，一朵朵，惊红乱飞，哗啦啦地坠落。

在回归林有缘看到了整朵洋紫荆满地落红的盛景，层层叠叠，蔚为壮观。朋友说，由于已近傍晚，天气更冷，雨下得更大，山上人又少，落红没有被人踩踏过，园林工人也没有来打扫，所有这些因素凑到一起才使得洋紫荆的落红，形成如此奇妙的盛景。我笑着附和道：看来，是因为在这又冷又下大雨的时候，我们都还在痴痴地爬山，连白云山都被我们感动了吧。引用杜甫《客至》的诗句“花径不曾缘客扫，落红今始为君飘”。

后来，每当洋紫荆盛放得最红火的冬天，我都喜欢从回归林经过，望一望，希冀能再次看到朵朵洋紫荆花层层叠叠满地落红的盛景。但每次都只是看到花瓣，一瓣一瓣飘落而已。就算偶见有整朵飘落的，也只不过是零零星星的几朵。

真正的美景，往往都只是一刹那间，是可遇而不可求的！

幸运的是，我居住的华南师范大学里，也有一条紫荆路，从校园东边的教师村，一直贯穿到校园西边的图书馆，沿路种满了洋紫荆花。犹记得 2018 年 1 月 8 日，一夜冷风冷雨过后，满树紫艳艳的洋紫荆花，也是呼啦啦地随风随雨旋落，密密麻麻，整条紫荆路绵绣成堆，铺满了一层浪漫紫。虽然还是比不上回归林那次，但也是非常壮观了，真是应了这样一句诗“几阵狂风新雨后，满地落红铺绣”。

冒着冷风冷雨，我踏“红”而去，一路落红，一路美。

从教师村开始，落红最为大片，一眼望不到边际，大有一种壮观与奢华之美：一地繁花，一地锦绣。

再往前，悠悠的湖边，落红美出了灵动的诗韵：地上，落红层叠；石凳，落红满满；周围低矮的景观树上，落红覆盖；还有一些落红飘进了湖里，随风荡漾，格外引人怜惜。此情此景，非常适合“闲步芳尘数落红”。

还有一些掩映在洋紫荆树下的私家车，也是一身浪漫紫，变成了天然“花车”。

当然，也可以只享受一番更低调一些的诗情画意——骑上停驻在落英缤纷下的自行车，和心爱的人来一场逐落花、赏落红之旅，这一定也是一场拉风的浪漫之行呀！

春归广州，遍地『黄金雨』

春归广州！一树树大叶榕，悄然换上金色外衣。

“烟雨惊春色”，大风刮过，大雨洒落，悬挂在大榕树上的金灿灿黄叶，呼啦啦，哗啦啦，飞离枝头，坠落……广州的大街小巷、古寺公园、桥头湖畔，遍地都是“黄金雨”，美成了童话中的样子。

北京路大佛寺里那两株 200 多年的大叶榕，铺落一地黄金雨，映衬着古寺的亭台飞檐，更添了一份亘古的味道。环市东路两边，黄叶翩翩飞，飞落大车小车上，车轮在“黄金雨”地毯上驶过，上班的心情仿佛也闪亮了几分。东华西路骑楼下，翩翩黄叶，绕着骑楼飞旋，人走在满地“黄金雨”上，仿佛有一种穿行在时光隧道之感……

我住的华师大（华南师范大学），当然也是每一个角落都铺满了“黄金雨”。从中山大道正门入，往右边看，是笔直的“黄金雨”大道；往左边看，是绵延无尽的“黄金雨”地毯。青葱学子，骑单车，逐黄叶，酷酷的，帅帅的，那真是好一段美美的“黄金时代”！

穿过笔直的“黄金雨”大道，往前，落叶覆盖的树墩模样的石桌石凳，撞进眼帘。此时，真的很想约上三两好友，闲坐石凳上，看书，赏黄叶，赏心乐事，当是不负春光。

当然，最美的，是到华师大文化广场，这里不仅有灿灿的黄金雨，还有浓艳的杜鹃花，一簇簇，一团团，一片连着一片，一丛叠着一丛。锦绣成堆的杜鹃，仿如是一个人的青春期，是一段初恋，张扬，靓丽；金灿灿的大叶榕黄叶，如同是一个人的成熟期，不是秋光，胜似秋光，像是一段热恋，璀璨与耀眼。天飘黄金雨，地舞杜鹃花，春情氤氲，诗意烂漫，惊艳了春光！

还有孩子们，也与“黄金雨”玩得不亦乐乎：一阵风吹过，有落叶从树上纷飞而下，孩子们雀跃地跳起来，每当小手抓到一两片叶子，就开心得满脸通红；有孩子骑着自行车，在树叶上闲逛，真是好潇洒的一个美少年；有孩子把树叶堆成小山一样，看谁堆的树叶更多更高；也有孩子的父母来体验一番童趣，抱起地上一团团金色叶子，向天空撒去，和孩子们一起，比赛谁接到的金色叶子更多。孩子们在金黄色的地毯上，骑车、奔跑、跳跃……童真伴随着金黄色的叶子，快乐飘舞，尽情飞扬！

春风簌簌吹落的大叶榕树叶，铺洒得满地金黄，春天的生机勃勃，伴随着秋天般的艳丽神迷——这就是广州的春天！

榕树有很多品种，比如，细叶榕、高山榕、青果榕、大叶榕等。虽然细叶榕和高山榕在春天也会落叶，但树叶黄得不是那么彻底，陈叶飘落也不是那么集中。所以，飘落地上的叶子，黄的绿的都有，落叶不够多，颜色也不够纯粹，看起来，缺乏惊艳的效果。

所有榕树中，能在春天营造出“黄叶纷纷，满地黄金雨”美景的，只有大叶榕。大叶榕金黄的叶子，从树枝上飘落，落得很彻底。常常一夜之间就在地上铺满厚厚的一层金色叶子，整棵树只剩下光秃秃的枝丫，极具惊艳效果。

嘿！咱们广州，气质就是这么独特，就是这么任性，金黄金黄的落叶，非要选择在万物苏醒的春天，漫天满地飞舞！说来，是因为大叶榕属于落叶半落叶树种，广州地处亚热带，秋冬气温不低，光照水分仍充足，推迟了大叶榕落叶的时间。于是，每年的春天反而成了广州大叶榕黄叶飘落，迅速更替次年新叶的季节。

对于广州人而言，早已习以为常年年沉醉在大叶榕满地金黄的风景中。于我而言，印象最深刻的是 2017 年 3 月的春日：一段很潮湿的回南天气后，紧接着，一场春夜冷雨忽然而至，华南师大的大叶榕，一树黄叶轰然而下，更增添了一份特别的迷离惝恍之美——在白色灯光与黄色灯光的氤氲下，绵延一地的厚厚的金黄地毯，因为雨珠和灯光的交互映衬，蔓延出了梦幻般的惊艳色彩。

很长一段时间不曾写诗的我，在雨夜，邂逅黄叶满地的惊艳时光，为其绝美的景致所迷惑，也禁不住写了下面这首小诗：

《春夜雨潇潇，一场金黄的地毯
音乐会正在上演》

春雨潇潇

金黄的梦

橘黄的梦

轰然而下

铺落一地绵延的金黄地毯

春雨，潇潇

春风，柔柔

大叶榕，张开金色的双手

轻轻地，把我抱上

缀满细密水珠的金黄色地毯

烟雨广州

一场关于春天的

金黄的地毯音乐会上演了

演员，是金黄的

音乐，是金黄的

掌声，是金黄的

笑声，是金黄的

春雨春风，是金黄的

春夜春情，也是金黄金黄的

淋了一身的雨，写了一首美妙的诗。在这个春雨潇潇的夜晚，我匆匆拍下满地绵延的金黄地毯。而后，发上朋友圈，惹来一片艳羡。

爱好诗歌的鲁椎老师甚至赋了两句诗：“今晚春风醉落叶，何事潇潇烟遐飞。”

真是好一场潇潇夜雨呀——榕叶满地金黄，广州美得让人意乱神迷！一颗颗心，也都被撩拨得诗情浓浓了哟！

第四辑 >>

一街　一巷

漫光阴

YIJIE

YIXIANG

MANGUANGYIN

广州人『行街』

逛街，在广州话里叫“行街”。

如果是一个小资，肯定会选择到天河城旁边的天河南一路行街。

天河南一路，从外面看似乎没什么特别，但走进里面，就会发现别有洞天。在这个小区里，各式个性小店错落有致，尤以服饰店最多，还有很多创意精品店、茶居和小酒吧。这里的每家店都装修得很有个性，比如，不少的服饰店外墙漆成了白色，门外草地上铺有石板，就像一个小院子似的，会让你想起一句诗“庭院深深深几许”。而我印象特别深的是一家名叫“Or”的小店。这是一家专门卖怀旧女装的特色小店，橙色的墙，弧度的檐，明黄的壁灯映在门面上宛如两朵摇曳的烛花。

我第一次和朋友们到天河南一路行街，是在一个夜色撩人的夏夜，小区里不时还能听到清脆的蛙鸣声，诗意得很。而每当一拐弯，一转身，不经意间总会有一间特色鲜明的店面撞入你的眼帘，让你惊喜不已。卖衣服的店主大都是女子，其恬淡沉静的着装，浸染着含蓄和柔媚的女人味。美人、美店、美服，真是养眼又养心。

如果是个处于“嘭嘭嘭”花开年华的潮人，一定不会错过广州年轻人最爱逛的潮流集中地——流行前线和状元坊。

流行前线和状元坊这两个地方，被花季少男少女们称为“购物的天堂”。时装店、奶茶店、书店、首饰作坊、游戏机中心等，只要你脑袋里想得到，以及电视电影里出现过的时髦、前卫、猎奇、够酷、够劲的流行物品，这两个地方都应有尽有。这两个地方的价格相对比较便宜，还可以往死里砍价。怪不得广州人都能成为“砍价”高手了。

我偶尔陪朋友逛过流行前线和状元坊这两个地方。不是被价格弄得晕头转向，就是被一间间格子式的店面弄得找不到出口，感觉像走在迷宫里似的。年轻人喜欢陷入迷宫里，而成熟了，却总是希望一下子就找到迷宫的出口。所以，对这两个地方，我的兴致缺缺。

对所有层次和年龄的广州人来说，最有代表性的“行街”之地，非北京路步行街和上下九步行街莫属。

北京路步行街和上下九步行街，堪称是广州最古老、最繁华的商业街，集文化、娱乐、商业于一体。街上有数不尽的老店、老味道，更有新潮流产品，时尚却又适合不同年龄、不同阶层的选择。一边行街，一边还可以品尝很多地道的广州小吃，以及欣赏那些属于广州这个城市的特定的怀旧符号与记忆。

北京路有千年古道遗址和千年鼓楼遗址，佐证了北京路的古老与厚重，也让人可以生动地触摸到广州的千年脉动；上下九的“文澜阁”，则印证着昔日十三行富商组建的“文澜书院”的历史……令人印象深刻的，还有数不清的骑楼：窄窄的街道两旁，一幢幢房子好像长了脚，被柱子架在半空，底层的房子往里掏空了两三米，并在街左右两旁各形成一条宽敞的人行走廊。这种架在半空的“长脚”房子，便是广州最有怀旧特色的街巷建筑——骑楼，既可遮阳，又可挡雨，特别适合亚热带阳光暴烈、风雨不定的气候特点。广州人在骑楼下行街，颇为舒服和自在。

广州有句俗谚：“东山少爷，西关小姐。”意思是说，东山是权门显宦的聚居地，出入的多是官家子弟；西关则是商业繁华区，出身富商之家的小姐们，婀娜娉婷。我每次行走在北京路或上下九，最喜欢的就是欣赏骑楼里那些精致的满洲窗、罗马柱、卷曲花纹等，眼前仿佛就见着了那些俊朗的官家子弟，正在上演着：一杯红茶、一个壁炉、一栋洋房、一个侨归东山少爷的典型生活；而那些温柔妩媚的西关美人，则正在上演着：一盆兰花、一笼画眉、一手厨艺、一个地道西关小姐的精致处世态度。

北京路与上下九这两条繁华的街市上，永远都是熙熙攘攘的人群。不知道这熙熙攘攘的人群里，是不是很多人也如我一样，总是会想起那一幅幅“东山少爷，西关小姐”的景象呢？

转角遇到凉茶铺

好热气！——来一碗凉茶，降降火！

走在广州的大街小巷，总会频繁地听到这句熟悉的话！

广州人爱喝凉茶，广州的凉茶铺特别多。遍及大街小巷的凉茶铺，绝对是最经典、最别具一格的广州市井风情的代表画面。

每一间凉茶铺都很小，铺面柜台都摆着一溜的凉茶壶，壶前标注着里面装的是什么凉茶，如罗汉果五花茶、二十四味凉茶、清肝利胆茶、止咳化痰茶、解热祛湿茶、清热解毒茶、菊花雪梨茶、感冒茶、雪梨枇杷茶……喝一碗，还是来一瓶，随你意。有些热情的凉茶铺店主，往往还会认真地咨询一下你有什么症状，然后很热心地建议你喝哪种凉茶可能更合适些。

凉茶是中草药植物性饮料的通称。以鸡骨草、夏枯草、金银花、罗汉果等为主要配方。所谓“凉”，是指将药性寒凉和能消解人体内热的中草药煎水做饮料喝，以消除人体内的暑气，或缓解干燥引起的喉咙疼痛等症状。

凉茶在“国家级非物质文化遗产代表性项目名录”里是这样定义的：凉茶是粤、港、澳地区人民根据当地的气候、水土特征，在长期预防疾病与日常保健的过程中，以中医养生理论为指导，以中草药为原料，食用、总结出的一种具有清热解毒、生津止渴、祛火除湿等功效，伴随人们日常生活的饮料。它有特定的术语指导人们日常饮用，既无剂量限制，也无须医生指导。

广州地处亚热带，地湿水温，水质偏燥热，身体易“聚火”。为了缓解和调理“火气”，很早以前先民就用一些性寒味苦的中草药熬制成汤，用以解暑去火。渐渐地，熬制中草药汤来清火解暑，演变成一种家家户户都坚持的习惯。后来，有家庭将熬制好的一大缸解暑汤药，挑到码头上，一碗一碗地卖给那些夏天仍要坚持卖苦力、流大汗的码头工人们。这种买卖越来越多，凉茶铺便渐渐地出现在了街头巷尾。

时至今日，无论新旧城区，广州的大街小巷都能看见不少卖凉茶的店铺。而凉茶也早已融入广州人的血液中，成为日常生活中不可或缺的一种生活元素。当你走在大街小巷，一转眼，一拐角，不期然就能遇到一间小小的凉茶铺，随时随地都可以痛快地“饮翻杯”（喝一杯）。

我曾在东圃和车陂的街巷里，遇到了几间小小凉茶铺子。这些凉茶铺，不仅氤氲着浓浓的凉茶味，也玩出了一种浓浓的文化气，让我印象颇为深刻。

老街纵横交错，仿如纠缠的人生

夏日炎炎，我从东圃综合农贸市场旁边的陂东路往前走，巷子里挤满了各种小摊子、小店铺，密密麻麻，热热闹闹。走上一段，就看到墙壁上又挂起一条街名，比如，车陂陂东路、车陂永泰市大街、车陂东闸口大街等，让我总是有点晕头晕脑的分不清。不过，这样的感觉也挺好的，本来老街就是纵横交错的，就像人生，纠纠缠缠，理不清。文艺一点引用南唐后主李煜所写的那句词就是“剪不断，理还乱”。

走在这种纠缠如人生的巷子里，用心慢慢地看，就会发现，其实很多、很普通的风景里，都有着一种很古意的文化气。比如，在陂东路这条名字纠缠的巷子里，有不少凉茶店。广州人爱喝凉茶，凉茶店特别多，这在广州人眼中没什么特别的，就是普通得不能再普通的城市风景。

但是，天河车陂街这里的凉茶店，却玩出了一种与众不同的文化气——每个小小凉茶店，都贴有一副对联，而且，这些对联绝不雷同，全都是自创的。

使君一见喜，莱菔万年青

我是在车陂永泰市大街路段，看到“使君一见喜，莱菔万年青”这副对联的。这副对联就挂在老正兴凉茶铺店面的两旁。古雅，又颇有文艺气，我一见就喜欢不已。

“使君一见喜，莱菔万年青”包含了四种中药的名字：使君子、一见喜、莱菔、万年青。其中，使君子、一见喜（即是穿心莲）、万年青，人们相对熟悉，尤其是万年青，很多人家里或办公室都有盆栽。陌生的可能是莱菔，其实也只是名字陌生而已，样子一定不陌生！因为，莱菔就是萝卜。

这副对联，很巧妙地把四种传统中药名融合在一起，古意深深，颇见文化功力。并且“使君来服（莱菔）”，透着满满的一股子自信；“一见喜”对“万年青”，则强调从初接触就讨你喜欢，到永远护佑着你的健康。如此吉祥霸气的对联，实在太讨人欢心啦！我很好奇：这副对联是哪位老先生写的？

经营小凉茶铺的，是一对小年轻。男店主很开心地告诉我：“这副对联，是我爷爷自己写的哩！我爷爷非常喜爱花花草草，曾经是个中医师，现在已经90多岁了，身体还很硬朗呢。”哇！真想马上认识一下男店主的爷爷呀！但男店主说，他们来自潮州，爷爷在潮州呢！虽然遗憾，不过经常在这条小街上闲逛的我，可以看到这副赏心悦目的对联，满心文气缭绕，着实觉得舒畅。

一饮清心润肺通体畅，再饮消愁解忧神不伤

再往前不远，便到了车陂东闸口大街地段，又见一间凉茶铺子——强力凉茶。名字朴实，但一样充满自信。其门前的对联，也是强调凉茶的效用，但更加鲜明有力——力壮皆由浅病及早除，强健源于百草治旧疾。

这副对联无须多解释，一看就懂。与快节奏的都市生活很登对，简简单单，无须费什么周章，你懂、我懂、大家懂。遇见了就买上一瓶，咕噜噜喝下，热气解了，顿感心平气和，舒服晒！

同样简洁明了的对联，还出现在平安堂凉茶和凉茶世家这两间店铺里。

平安堂凉茶在车陂高地大街，从中山大道进入，很快就到。这间凉茶铺的对联是镶嵌在店铺里面的，我看了好一会儿才看到。“长生不老无觅处，四季平安此中求”——这对联同样很浅显，却也蕴含很朴实的大众心理。

平安堂店里的年轻男子，一个人拿着麦克风，独自唱着卡拉OK，唱的都是老歌。我问他，能否让我拍拍对联？虽然歌声被我打断，但他一点儿也不恼，还很开心地对我说：“好呀好呀，这对联很实用，你随便拍吧，祝你四季平安！”然后他又自顾自地陶醉进歌里去了。我一边听歌，一边拍对联，虽然当时街巷很吵闹，但我却心神宁静，满心喜悦。

凉茶世家这间铺子是在东圃农贸市场背后的那条小路上。它的对联不是用牌匾挂着的，而是用红红的纸张贴在门两边，就像平常我们过年时贴红对联一样。这副对联也极其明白晓畅——“一饮清心润肺通体畅，再饮消愁解忧神不伤”。

纸贴对联，时间一久，风吹日晒雨淋，字自然就会褪色，对联也很容易霉烂。三个月后，当我再走过凉茶世家铺子，看到门前的对联崭新得很，我还以为又开了家新的凉茶店，但仔细看看，依然是这个地方、这个名字，摆设也没有变，唯一变的是纸贴对联更新了。每当纸张陈旧，店主就赶紧再写同样的一副对联，重新贴上。看来，这位店主很有心哟！不仅让客人享受到口腹的清凉，还要让客人享受到眼中的愉悦。

几间小小凉茶铺，玩味出了一种浓浓的文化质感，这让我对东圃和车陂也另眼相看起来。其实，刚开始在车陂这条街溜达时，我一直不太理解，作为广州的一个普通城中村，车陂街为什么在宣传上喜欢定位为“文化车陂”？再后来，看到大街小巷的祠堂，还有车陂涌里的龙船，以及 200 多艘龙船争妍斗艳的热闹龙舟景，也就明白了其中的缘由。当然，相比祠堂和龙舟这两种比较宏大的文化载体，小小的凉茶铺也许无足轻重，但是，历史的味道与质感，有时候也往往来源于一些无足轻重的小文化。一如这些散落在车陂大街小巷的小小凉茶铺，其实也可以是解读文化车陂的一个生动侧面。

沙湾飘色，蚝壳墙，掟死狗

第一次去沙湾古镇，我便被绕晕了。

沙湾古镇位于广州市番禺区，始建于南宋，是一个有着800多年历史的岭南文化古镇。在沙湾古镇，绕晕我的不是古镇里错落纵横的石阶石巷，而是一位老人。

这位老人叫黎汉明，60多岁，是一个做沙湾飘色的老艺人。沙湾镇里的人，都亲切地叫他“汉叔”。

沙湾飘色，被誉为南国艺术奇葩。所谓“飘”，是指飘在空中，“色”即景色，“飘色”也就是“飘”起来的景色。沙湾飘色起源于明代中叶至晚明时期，由沙湾北帝诞迎神赛会娱神节目发展而来，后来成为沙湾镇本土特色的传统民俗艺术活动。该活动主要以大人或小孩打扮成戏曲或说书中的人物进行巡游为特色，俗称“赛色”或“彩色”。后来，发展成为马匹上装扮的“马色”；

水上装扮的“水色”；装扮在台面上凌空而起的人物由多人抬着游行的，则称为“飘色”。中华人民共和国成立后，沙湾飘色常于农历三月初三“北帝诞”时，由村民抬着“飘色”游行和表演。扮演飘色的幼童如同神仙一般，踩在小鸟、莲藕、花朵上，翩翩地在空中飘舞。往往此时，沙湾镇便会出现“飘色一出，万人空巷”的盛况。2007 年沙湾飘色被列入了广东省省级非物质文化遗产名录。

我一见老艺人汉叔就被绕晕了，并不是汉叔的“飘色”做得有多漂亮，而是因为汉叔说的粤语。虽然我也会说粤语，但我担心所拜访的老艺人说的一口古韵粤语可能难以听懂，便事先约了帅哥文杰同行。文杰出生和成长都在西关，是个地地道道的“西关少爷”。西关，是广州最有古韵的一个古城区，其语言自然也是颇富有古韵的粤语。

但是此刻，汉叔说的粤语，却像天书一样，我基本听不懂，“西关少爷”文杰也摇头表示他也很多都听不懂。好在当时汉叔身边还有沙湾镇沙湾东村民委员会的黎湛洪书记陪着。黎书记笑笑说:“你们听不懂，不奇怪。汉叔讲的粤语，很古。沙湾镇里的很多人都已经听不懂了。不过，我可以翻译给你们听。”

那个下午，阳光甚好，汉叔一边说，黎湛洪书记一边翻译，我们先是陷进了粤语的古韵里，继而又陷进了沙湾色彩缤纷的飘色里。

汉叔说，沙湾飘色主要是以“板”为单位，每板由 2~3 个小孩扮演，一板一个故事，多以神话和历史故事为题材。在结构上由三个部分组成：一是色柜，即活动小舞台；二是色梗，即支撑用的钢枝；三是扮演“色”的演员，坐在下面的叫“屏”，一般由 10~12 岁的小演员扮演，上面凌空的叫“飘”，一般由 3 岁左右的小孩扮演。“屏”和“飘”之间的连接靠的是一条经过装饰的细小的色梗，这条小色梗先从色柜底板上，连接到“屏”这个孩子的座椅里，再穿到小鸟的翅膀或者花枝上连接到“飘”的小座椅上，这样就可以支撑着上面的儿童，让他看起来像在天空起舞了。在“飘色”游行时，每两板飘色之间配有一台八音锣鼓柜，形成声、色、艺组合表演的流动立体舞台。

汉叔的爷爷和父亲都是做飘色的好手，手艺一代代传了下来，到他已是第三代了。汉叔 12 岁开始跟着父亲学习制作“飘色”，至今做飘色已有 50 多年了。汉叔还带我们去了黎氏祖居。汉叔说，这里以前是旧时族长开会的地方，现在是专门用来制作飘色的场地了。黎氏祖居静悄悄的，推开大门，走进大厅左侧的房间，只见里面堆满了色柜、色梗、八音柜，以及鲜艳的演出服装等，密密麻麻的，有些凌乱。汉叔打开衣柜，一边拿出一套套色彩缤纷的演出服装，一边说：“飘色服装，以饰演人物身份、所处朝代为依据，用绫罗绸缎缝制，讲究色彩艳丽。扮‘飘’扮‘屏’的孩子，称‘色仔’‘色女’。出色那天，可热闹了，八音锣鼓震天响，‘色仔’‘色女’争奇斗艳，真可谓是‘飘色一出，万人空巷’呀！”

这一次沙湾古镇之行，只拜访了汉叔，没来得及到古镇转悠一下。因此，我对沙湾古镇只留下了两个深刻的印象：绕晕我的古粤语，还有色彩缤纷的“飘色”。

10 年后，我又一次来到了沙湾古镇。那是 2020 年的春天，我和几个朋友相约到沙湾古镇游玩。

石阶石巷错落纵横，宗祠古屋点缀其间，随处可见保存完好的明、清以及民国时期的古建筑。青砖屋、镬耳墙，檐椽梁枋巧饰雕琢。砖雕、木雕、石雕、灰塑处处可见。这次留下了三个很深的印象：一是扣子博物馆，二是蚝壳墙，三是掟死狗。

扣子博物馆坐落于一栋始建于明末清初的青砖镬耳墙建筑中。馆内一粒粒小纽扣形态各异，色彩斑斓。还有用绳索编织和组合的扣子首饰，按不同历史时期、文化元素及装饰艺术，分别陈设在墙上的壁柜里。如果你有兴趣，还可亲手创作属于自己的漂亮纽扣。馆内天井有一副对联牌匾“纽小乾坤大，扣微学问多”，对联旁有一长木桌，扣子博物馆的女主人刘冰青，一边泡茶，一边和我们聊天。她说，之所以把扣子博物馆开在沙湾古镇，是因为沙湾古镇起源于南宋，而民间开始使用纽扣，同样也是起源于南宋。她说，这就是缘分，“是扣子选择了沙湾古镇”。

以蚝壳为墙，是岭南地区自明代以来别具一格的一种建筑形式，主要出现在珠三角沿海地区。所谓蚝壳墙，即是用一整块生耗壳作原料，拌上黄泥巴、老红糖、蒸熟的糯米、醋、谷物等混合物，一层层夯实，做成既隔音又结实的墙体。沙湾曾是古海湾，河涌甚多，蚝壳沉积丰富，人们就地取材，把蚝壳垒砌为墙体。至今，沙湾镇的蚝壳建筑还遗存有不少，如留耕堂、光裕堂、仁让公局等，都是蚝壳墙的典型代表。尤其是留耕堂和光裕堂，留耕堂的两侧都是宏伟的蚝壳墙，光裕堂则三面都是高高的蚝壳墙，蔚为壮观。每当黄昏，夕阳的余辉斜照在蚝壳墙上，墙上的蚝壳被映照得特别有线条感。因此，一面面堆砌着密密麻麻蚝壳的蚝壳墙，也一直是人们游览沙湾古镇时，热衷拍照的打卡地。

欣赏了一番夕阳余辉下蚝壳墙的线条美后，我们到了一间名为“往事如宴”的餐馆吃饭。餐馆外也有一面高高的蚝壳墙。坐在“往事如宴”里，我们一边吃着美味，一边闲聊着蚝壳墙，只觉得沙湾古镇里的如烟往事，正穿过已有 200 年以上历史的一扇扇蚝壳墙，一步步地向我们走来。

吃完晚饭，走出“往事如宴”，在街上闲逛时，便在一小店门前，看见了“掟死狗”：圆圆的，米白色的饼，装在一个透明的塑料缸里。缸身上贴着五个金色大字——“沙湾掟死狗”。

哈哈哈！“掟死狗”！我忍不住笑了起来。

我笑，那小店的老板也微微一笑：“没听过这名字吗？没吃过这饼吗？”

我答：“听过，耳熟，还吃过。但看到这名字贴在饼上，还是第一次哩。”

小店老板很爽朗地说：“掟死狗，很硬、很香，要不要来几块？”不用老板说，就冲第一次看见明晃晃的“掟死狗”三个大字，我就欣然买了两斤。

其实，“掟死狗”就是我们通常说的炒米饼，也叫作“印饼”或“硬饼”，广州人笑称它为“掟死狗”，即是形容硬邦邦之意，很富有广府地域色彩。

硬邦邦的“掟死狗”，自带一股米香，因饼身很硬，吃的时候，不能大快朵颐。老板很热心地提醒我：“吃‘掟死狗’，不能求快，要舍得花时间。当然，也可以直接把它敲碎，一小块一小块拿起来吃；或者慢慢舔着，直至整块饼都变软了，一边舔一边就把饼吃进肚子里去了。”

此时，我们还想在沙湾古镇再溜达一会儿，时间缓缓，这美味小饼“掟死狗”，倒是很适合了。我一边小口小口啃着“掟死狗”，一边随意地在沙湾古镇里穿街走巷。不经意间，我溜达进一条小巷，这小巷竟然叫“车陂街”。

看到番禺沙湾古镇陡然出现的“车陂街”，我是非常惊奇的。因为，我住的广州天河区也有条车陂街，位于中山大道与黄埔大道之间，原是一个村落，始于唐朝，兴于宋末元初，是个千年古村，后改称车陂街。

沙湾古镇的“车陂街”，自元代开始存在，至今也有 700 多年历史了，整条街道由整齐划一的青石板铺成。认真看了看，一旁还挂着一块牌子，上面有简单介绍：“车陂街位于沙湾亚中坊以南，东西走向，长约 250 米，因建于‘猪腰岗’上，故初名‘斜坡街’。民国时期曾更名为‘车碧街’，新中国成立后又采用‘车陂街’之名。”

后来，我还问了沙湾当地的一些老人，他们说，陂就是斜坡的意思，因为车马可在此通行，而用同义的“陂”字代替“坡”字，“斜坡街”就改称为“车陂街”了。他们还说，天河车陂街与番禺沙湾车陂街，这两街现实中并无关联，历史上也没有什么渊源。

虽然名字一模一样的两条“车陂街”，没有什么历史渊源，但看见同一个街名，我心中还是很自然地升起一种亲切的情愫。

我经常喜欢去逛的天河车陂街，那街上的人，把沙湾人称的“掟死狗”，直接叫作炒米饼。我还在天河车陂街隆兴苏公祠的祠堂里，看到了做炒米饼的饼模、木槌。记得当时的村民苏文洽还举起饼模，说起了天河车陂人的炒米饼情怀。他说：从前日子窘困，家里只要有人要出门，都必定要做些炒米饼。炒米饼用料简单，以米粉和糖为主，把大米炒至金黄色，再磨成米粉，加入糖浆，和成面团。然后在饼模上撒上米粉，放入和好的米粉团，再用木槌把粉团敲扁敲实，最后放在炉里烘烤，即成香喷喷的炒米饼了。

出门时，硬邦邦、香喷喷的炒米饼，方便携带、易于保存，饿了就能拿来充饥。出门在外，身边常有一股香气环绕，心中也变得笃定踏实了。20 世纪七八十年代初，天河车陂人扒龙船，因为物质条件有限，也没有现在这么丰盛的龙船饭可吃，因此，炒米饼就成了那段时期桡手们带在身上的一种用于充饥的龙船饼。硬邦邦的炒米饼，果腹、耐饱，陪伴着桡手们一路干劲十足地扒龙船。

我去天河车陂庆云大街的顺坚花园喝下午茶，曾经吃过圆圆的炒米饼。我去东圃广氮新村和爱花的郑叔闲聊时，郑叔也端上来一碟炒米饼。用郑叔的话说，习惯了炒米饼的香味，总是忍不住吃上一两个，一个炒米饼下肚，心里才香得满心踏实哩。

一样饼，两个名，不管是叫“捉死狗”，还是叫炒米饼，其实都是早已深埋在广州人心中的一份美食印记、一种美食情愫，一如早已深深地烙印在广州人心灵深处的那句童谣：“氹氹转，菊花园，炒米饼，糯米圆……”

西关小巷的旧时风情

西关，是广州的老城区，因明清时地处城西门外而得名。

西关的小巷，大体也就两三米宽，转转折折，像迷宫般，刚走出了这条小巷，又被淹没进了另一条小巷。而又因明清时期开始，西关就是广州的商贸中心，是富商们的居住地，自然地，西关文化便被定义为广州市井文化的典型代表。而这些西关文化，很多就散落在那窄窄的一条条小巷里。所以，西关的很多小巷，也都有着深厚的历史底蕴。比如，在西关商业繁华的下九路的“文澜巷”，就有着由昔日十三行富商组建的、作为大小绅士名流雅集之所的“文澜书院”；还有那条名叫星泉里的小巷，之所以有如此美丽的名字，是因为这里曾经有过一座可以在其中看见星星的水井。这座水井，传说与唐代都督刘巨麟有关。当年适逢大旱，居民饮水困难，刘巨麟便下令开凿四个水井，其中一口清澈得能照见星星，故名“星井”，也名星泉井，此巷因而得名星泉里。

不过，可惜的是，文澜书院早已被拆，改建成了民居；而那口星泉井也无迹可寻了。星泉里窄窄的巷子里已经建起了几层高的楼房。只有巷口那高高的灰墙上刻画着的一只灰木桶与一条长竹竿，以及巷口入口处，那个小孩在用力提起水桶的“第一桶”雕塑，还能让人想起这个地方曾经有过一口美丽的星泉井。

每次走过窄窄的文澜巷与星泉里，静悄悄的巷子让我心头总是涌起一片莫名的惆怅，为历史的远逝与湮没而叹惋。所以，我更喜欢去的是离文澜巷与星泉里不远的宝华南小巷，那里挨挨挤挤的，让你仿如走进了西关人家的旧时风情。

磨青砖铺就的宝华南巷子，宽两三米，长百来米，一个摊位接着一个摊位，密密麻麻的。有的人家干脆直接把趟栊（趟栊是一个活动的栏栅，由 13 条或 15 条坚硬的圆木条构成，横向开合故称趟栊）拉开，在自家门前摆卖起来。小巷里卖的都是些很地道的广式风物：有老婆饼、老公饼、西关萝卜牛杂之类的广州小吃，有鸡骨草、夏枯草等各类老火靓汤汤料，有瑶柱、干贝、鱼胶之类的海鲜干货，还有老式的蒲葵扇、老式的蜂窝煤炉子等。据说，直到现在还有一些老西关人喜欢用蜂窝煤炉烤面包、打边炉。他们认定，这样的味道才更天然、更喷香。

小巷里有手工制作的新鲜蛋糕卖，小杯子口大小，竟然是论斤卖的，7 元一斤，一尝，真的香软可口。最惊奇的是，小巷里竟然还有洗头发用的茶仔粉、茶仔饼卖，价钱便宜，3 元一斤。想来，一般人用茶仔粉、茶仔饼洗头应该是十多年，甚至二十多年之前的事了吧，而这里竟然还卖如此古朴的东西。

每次去宝华南小巷，我都要吃上一碗西关萝卜牛杂，价钱很便宜，4 元一大碗，味道很地道，牛杂与萝卜熬得非常软嫩。最近一次去是鬼节前的几天，竟然看到卖线香、蜡烛的小摊里，还用纸皮写着“七月十四烧街衣，每份 3 元”。卖家是个光着上身的、戴眼镜的中年男子，很市井，很亲切。

小巷里最人声鼎沸的，永远都是那间卖老火靓汤汤料的小店。小店门前，绵茵陈、夏枯草、五指毛桃等汤料，一麻袋一麻袋，斜倚在斑驳的墙边。而鸡骨草则吊在门框上，风吹过，摇摇晃晃的，清香扑鼻。岭南地区地气湿热，长久居住此处的人，热毒、湿气侵身在所难免。广州人认为鸡骨草有清热、祛湿的功效，是调养脾胃、改善失眠和肝火过旺现象的最好材料。鸡骨草煲猪横脷既甜又润，是很纯正的广式老火靓汤。只要是真正的老广州人，肯定会经常买鸡骨草煲这道汤。所以，这个小店的门前总是人头攒动。

正巧有位骑自行车的中年阿姨，把车停在店前挑拣鸡骨草。阿姨说，她家离宝华南有三四公里远，她每周必定会骑自行车来这里购买煲老火靓汤的汤料，因为这里的汤料很齐全，要买什么都有，质量也有保障。而我当即买了份祛湿料，5 元三小包，可以煲三顿，实在是太值了！

宝华南小巷的尽头连接着兴贤坊小巷，就在两条小巷的交接处，有一幢崭新的三层灰色小楼——李宅。据说，李宅的主人爱好收藏古董家私，这是他的一个私人家私博物馆，里面有上百件古董家私。李宅的院子围墙外粘贴着“明清时代家私，欢迎群众参观”的朴素字样。

走进小楼，满屋旧家私，古色古香迎面扑鼻。三层小楼共有大小不一的厅堂十多个，每间屋子都被各式木质家具布置得满满当当，尽显旧时西关大户人家的奢华与精致：玲珑剔透的木雕通花套石刻红花玻璃大屏风、紫檀小姐椅、黄花梨八仙桌、酸枝大龙床、黄花梨梳背椅、形制巨大的铁力木五屉橱……让你仿如看到了当年那些出身富商之家的西关小姐们，日子多么的溢彩流光。“李宅”的主人很随和，参观时不仅可以手摸家私，还可以随意拍照。

这就是西关小巷！其风情，从古至今，市井得实在贴心贴肺。

穿过我的青春的东郊公园

每当说到广州的公园，我脑海中率先冒出的便是东郊公园，接着再冒出两个字眼——青春！

东郊公园位于广州市东部天河区员村街（1999 年归属天园街），南临黄埔大道，北接中山大道，90 多年的时光中，公园历经 6 次易名。

东郊公园前身为石牌林场。1929 年（民国十八年），广州市国民政府决定在地处广州与黄埔之间的中心地带兴办林场，因为此地大部分属石牌村，故称石牌林场。一年后，广州市国民政府拨款在林场的基础上修建公园，称石牌公园。

民国时期，为了纪念孙中山先生，广州出现了多处中山公园。有黄埔中山公园（今蟹山公园）、黄埔军校中山公园、河南中山公园（后改名海幢公园）等。顺应时代潮流，1931 年，石牌公园易名石牌中山公园。

中华人民共和国成立后，又历经三次更名：1957 年石牌中山公园改建为森林公园，1960 年改名为东郊公园，1996 年 9 月东郊公园正式改名为天河公园，沿用至今。

从 18 岁到 22 岁，正是我的青春“嘭嘭嘭”开花的大学时代，当时的公园名叫东郊公园，而我的这一段青春全都与东郊公园紧密相关。

那是 20 世纪 80 年代中后期，我到广东民族学院（后改名广东技术师范学院）读大学。学校与东郊公园隔着一条马路。当时的马路还很窄，公交车极少，只有一辆 50 路车通过，车上一直拥挤得很。而 39 路车的起点站就在东郊公园西门，所以每当要去广州市区，学生们都喜欢穿过东郊公园到西门坐车。

平日里，学生们与东郊公园更是亲密无间。东郊公园湖面开阔，绿树成荫，每当傍晚时分，很多学生都喜欢到公园跑步、散步。到了周末，东郊公园更成了我们的乐园，同学们相约去划船，相约去烧烤，当时公园里有大型烧烤活动区。就连老师上课也喜欢带同学们到东郊公园去，我曾经就在公园里上过溜冰课呢。

可以说，我的四年大学青春，一直与东郊公园依依相守着。这种相守，让我的青春恣意飞扬。是以写下这篇《穿过我的青春的东郊公园》，记下曾经在 20 世纪 80 年代东郊公园上演过的属于我的青春华章与记忆！

“嘭嘭嘭”开花的青春，与冰鞋一起诗情画意地呼啸

20 世纪 80 年代，东郊公园内有一个露天旱冰场，就在现在的爱心广场旁边。当年体育老师曾经带我们班的同学去旱冰场上过两三次溜冰课。旱冰场四周开满了玫瑰红色的扶桑花，就像我们正在盛放着的青春。第一次上溜冰课，笨拙得很，同学们穿着租来的双排轮子冰鞋，扶住栏杆，轻轻地滑，动不动就与栏杆边那些探头探脑的扶桑花撞个满怀，那种感觉非常的诗情画意。溜冰场里有一段波浪形的小滑坡，教我们溜冰的年轻老师，一滑到波浪滑坡就高举双手呼喊，那张脸明艳如四周的扶桑花。但初学溜冰的我们，谁也不敢去滑坡。

第一次溜冰课结束后不久，我一个人偷偷跑到溜冰场练习滑冰。穿上冰鞋，专门往滑坡溜，也不知摔了多少跤，终于滑起来也有模有样了。于是，我学着年轻老师高举双手，呼喊起来，真是满心的欢畅，不管之前心里有什么寂寞与不快，全都随着呼喊声飘走了。当第二次上溜冰课时，仅有几名男同学敢滑坡，而我则是敢滑坡的唯一的女同学。滑过坡时，我们都大叫起来，真真畅快极了。

后来，心里觉得寂寞的时候，我偶尔就会一个人跑到溜冰场，享受滑坡上的那种呼啸快感。一身汗水之后，如影随形的寂寞，碎了一地，我的脸如扶桑花，心如扶桑花。此后，有很长一

段时间，我变得非常地迷恋溜冰。其实，与其说是迷恋溜冰，不如说是迷恋那种让寂寞随呼啸而去的享受。而我的青春，便也在寂寞中呼啸出了一种诗意的美感与回忆。

烤烤烤，烤个热火朝天，美青春纷纷飞

东郊公园的大型烧烤活动区，现在早已不见踪影，但在 20 世纪 80 年代，这个烧烤活动区很有名，就在现在的周末相亲角与地铁施工借地范围之间的那片山坡上。

至于这个大型烧烤活动区如何有名，我借用曾经看过的一篇报道《新中国 60 年：旅游时代》，里面讲到 20 世纪七八十年代的广州市民对旅游的概念还停留在到郊区去埋锅煮饭，其中就有一个家住中山五路的刘姨说过这么一句话：“星期天邀约三五好友，带一口锅和柴米油盐，骑自行车到当时的东郊公园去野炊，就是那个时候最典型的旅游。”

而我们校园就在东郊公园对面，近水楼台，选择去公园里烧烤，自然就再平常不过了。当时班里活动，到公园烧烤；老乡聚会，到公园烧烤；舍友聚会，到公园烧烤……好像整个“嘭嘭嘭”开花的青春，都喜欢烤烤烤，烤得热火朝天，才够带劲。

但“嘭嘭嘭”开花的青春，青春痘也一样疯长，所以，去烧烤，除了烤鸡翅之类的，我们还喜欢一边烧烤，一边包饺子，吃起来不热气，减少长痘的可能。包饺子时，男女同学合作分工，

一般是男同学生火，女同学包饺子，常常弄得满脸都是粉，逗得男同学乐呵呵地笑个不停，那场面真是——白面粉纷飞，美青春纷飞。

如今，偶去天河公园，每当走过这个曾经烧烤的地方，我都忍不住张望一下，似乎听到了当年那些欢快的声音从林子里飘然而出，“嘭嘭嘭”的青春在眼前荡呀荡，仿佛鲜嫩得要滴出水来了。

来啰，帅哥美女，让我们荡起双桨！

“让我们荡起双桨，小船儿推开波浪，海面倒映着美丽的白塔，四周环绕着绿树红墙，小船儿轻轻漂荡在水中，迎面吹来了凉爽的风……”乔羽和刘炽先生的这首歌《让我们荡起双桨》，是 1955 年少儿电影《祖国的花朵》的主题曲。很多人的童年，都是唱着这首歌长大的，无疑，这首歌也成了很多人美好纯净的童年记忆。

不过，唱归唱，我还真没划过船，因为我出生和成长都在粤北山区，四周都是山，没有湖，只有小河，自然也没见过什么船，所以我的童年时代只停留在嘴上唱着《让我们荡起双桨》的状态而已。到了广州读大学，学校对面的东郊公园有个宽阔的湖，心里着实雀跃——终于见到小船啦，终于也可以划船啦。

那时的船，是真的可以用木头船桨划的。虽然当时东郊公园也有脚踩的船，但这种船少，又太贵，学生们手头本来就没几个零花钱，所以大家都喜欢选择划船——穿上救生衣，一男一女两名同学坐一条小船，各自用双桨划船。

好玩的是，因为我从未划过船，一开始用桨划船，船总是打转，把我吓了一大跳。不过，这一点也不用担心，因为男同学个个都是“护花使者”。当时我们班的男同学大部分来自海南，或许那里的海多，男同学经常与海打交道，他们用双桨划船都颇为熟练，只要听着男同学的指挥，轻轻地划一划，船就推开波浪，向前飘荡啦。此时，小船儿轻轻漂荡在水中，迎面吹来了凉爽的风，同学们一边用桨划船，一边高唱“让我们荡起双桨，小船儿推开波浪……”那真真是入情入境，美好无比。

如今，公园已经大变样，曾经与我的青春紧密相连的划船依然存在，而溜冰场、烧烤场却早已不见踪影。但留下了我的青春光阴、安放了我的青春悸动与寂寞小情绪的东郊公园，却是会让我一辈子记着，一辈子念着……

跳蚤市场，天光墟

跳蚤市场，在广州还有一个很生动的名字——“天光墟”，即天刚刚亮时的集市。

荔湾区带河路源胜西街就有一个很有名的“天光墟”，它是广州民间买卖古玩旧货的一种集市。每逢星期二的清早，来自各地的小贩会在这里摆地摊。一般来说从早上五点开始，到早上八点结束。源胜西街窄窄的街道两边，密密麻麻排着一个个摊档，每个摊档一两米大小，却摆满各式各样的古玩旧货：三寸金莲、护身如意、鼻烟壶、锈迹斑斑的旧锁、古旧发簪、雕漆手杖，还有 20 世纪的留声机、长柄电话……窄窄的过道上，熙熙攘攘，买者和卖者在昏暗的灯光下一决高低，只见一支支小手电不停地在古玩旧物上闪呀亮呀。

这种在大清早就开始的古玩集市，在广州由来已久：抗战前，在华林寺、带河路一带，有一家红棉茶楼是古玩经营者聚会的地方；抗战期间，迁至“烂马路”（现中山七路），中山路自然也成为“收买佬”云集的地方；20 世纪 80 年代，天光墟出现在清平市场土兴巷，20 世纪 90 年代再迁到带河路，在源胜西街一带又自发形成热热闹闹的天光墟。以前日日成墟，到 2003 年后慢慢变成每周二一次了。

从我住的华南师范大学东北门出去，大概百米远的地方，曾经也有一个跳蚤早市，每天早上六点开市，七点半左右收市。这个跳蚤早市，卖的大都是水果、青菜，以及一些诸如大枣、冬菇、木耳等之类的干货。一开始，我总以为逛这个跳蚤早市的，应该是老年人居多。但当我起个大早，专门去感受跳蚤早市的氛围时，却看到很多年轻人也在逛。据不少年轻人说，早上的菜比较新鲜，尤其是青菜，很多都是附近农民从自家地里拔来，就挑到这里卖的。每天早早买好菜，再出门上班，心里才踏实。因为广州塞车严重，经常晚上回到家都快 7 点半了，附近的菜市场早关门了，就算早一点回来，那些菜也都是被人挑拣剩下的，哪有跳蚤早市买到的新鲜呀。

不过，对我而言，终归觉得睡懒觉重要，所以逛过两三次这个跳蚤早市后，也就作罢了。后来，因为交通拥堵，华师大东北门的“跳蚤早市”被取消了。我也就没有了逛“跳蚤早市”的兴趣。但我楼上有位已退休多年的胡阿姨，却是个逛跳蚤市场的忠实粉丝，她逛花地湾跳蚤市场的狂热程度，绝对令我辈望尘莫及。

我们住的学校在广州东郊，花地湾在广州西南郊，要赶花地湾跳蚤市场，得从广州的东边穿越到西边，每周四凌晨不到5点就出门，不塞车都要坐上一个半小时公交车，才能赶到花地湾，但胡阿姨却乐此不疲。

胡阿姨的爱人说，他实在弄不明白他们家老太婆为什么情愿起那么早，坐上一个半小时穿越大半个广州城，然后经常只带上两三根葱、一把青菜、一两双袜子，再坐上两三个小时又穿越大半个广州城，千辛万苦才回到家里来。

但胡阿姨却乐滋滋地说，那是老头子不知道逛跳蚤市场多有趣！花地湾跳蚤市场有很多她喜欢的小玩意儿，比如，鱼缸、花盆、毛巾、鞋袜、毛线、手套、青菜等。并且，在跳蚤市场买任何东西，都可以你来我往其乐融融地杀价，可比在明码标价的商店里一本正经地买东西好玩多了。

后来有地铁了，去花地湾方便了许多。但胡阿姨说，其实有没有地铁都无关紧要，因为她和几个已经退休的老同学，一直都把每周四逛花地湾跳蚤市场，当成是老同学聚会日。待8点花地湾跳蚤市场结束后，她们就相约一起到附近的茶馆喝早茶，如果买到些好玩的东西，也会各自晒晒，既分享现在，又回忆过去，多美好呀！

静享绿意庆云街，心中满开幸福花

一条小巷，不宽也不窄，不闹也不静。

一年四季，花开花落：桃花方谢，紫薇已红；紫薇犹盛，茉莉又开；茉莉谢了，桂花飘香；还有三角梅、辛夷花、使君子、鸢尾花……春夏秋冬，花团锦簇，娇艳满巷。

当然，小巷最喜欢的，其实还是静静地绿呀绿。那一巷子的绿，从巷头蔓延到巷尾，缠缠绕绕，葱葱茏茏。墙上，绿得像翡翠；巷道，绿得像碧云。整条巷子，完全就是一方生机勃勃的社区“绿洲”。

这条小巷，名叫车陂庆云大街北街。

到顺坚花园，静享绿意

小巷，宽仅两三米，长四五十米，巷头巷尾竖着一个拱门，拱门上攀爬着数种藤蔓植物。

每当进入拱门，那感觉就仿若跨入陶渊明笔下所描绘的“桃花源”。只见，小巷一侧是高楼，傍着墙根，一个接一个的大小盆景，次第排列，让高楼顿时生动了几分；小巷的另一侧，原本只是一堵白色围墙，但现在已经挂上了一排彩色花盆，花盆上整齐地种着吊兰和鸢尾花，让呆板的白墙，马上灵动有趣起来，构成了一条袖珍别致的小巷。

楼房前方，原本只是一块小小的空地，巧手的主人却把它经营成了一个美丽的露天园子。园子周围，用印花玻璃窗、蓝白两色的木栅栏，矮矮的花砖，圈围起略弯的篱笆墙。篱笆墙旁竖着一个大牌子，上面写着很富有诗意的四个大字“静享绿意”。再看看小园子里面，植物的品种还真不少：罗汉松、绿萝、无花果、肉桂、灰莉、鸭脚木、万年青、长寿花、猪笼草……

整条巷子绿意盎然、生机勃勃，都市喧嚣消失无踪，闲静悠然扑面而来。路过此处的每一个身影，莫不笑脸盈盈，洋溢着一种最舒畅的恬淡与美好。

这么用心地扮靓整条小巷，给街坊们营造出一个绿意盎然芳香满怀“桃花源”的，该是怎样的一群人？

错了！不是一群人，而是一家人——车陂街坊顺坚叔一家人。

顺坚叔一家的暖心举动，让街坊很感动，有街坊甚至戏称这条小巷为“顺坚花园”。

春夏秋冬，走过这条小巷，每时每刻都可以“静享绿意”。于是，绿意盎然的庆云大街北街，越发让街坊们喜欢。来往的行人，就算走远一些路，也都喜欢绕道顺坚花园。他们说，看一眼绿色，一天的日子也都充满勃勃生机。由此，“到顺坚花园，静享绿意”似乎也成了不少车陂街坊最喜欢的日常。甚至连快递小哥都赞叹说：“满巷子都是绿意，满巷子都是花香。每次经过这条小巷，精神倍儿爽，心儿倍儿欢喜。”

变废为宝，小巷飘香

顺坚叔一家种花的时间不算太长，是退休之后才开始的。顺坚叔说，一开始就是想打发一下闲暇时光，但他也不懂怎么种花，先是看些花书，请教一些种花的朋友，再去市场找花农买几盆花，顺便问问种养方法，花农都很乐意告诉他。后来，种花逐渐上了瘾，既可从种花中找到乐趣，又可以给街坊提供一片绿洲与花香，每天心情都亮丽得很。

“建设社区‘绿洲’，并非一定要大把花钱。关键还是要会变废为宝。”顺坚叔深有感触地说。

“静享绿意”小园里的玻璃窗、木栅栏、花砖，其实都是别人丢弃不用的，顺坚叔捡回来，简单整修，做了小园子的篱笆墙，既美化园子，又可以保护植物。

小巷里的很多植物，也都是被丢弃的，顺坚叔把它们捧回来重新种植。顺坚叔的老伴梁姨说：“巷口那株发财树，就是被丢弃在垃圾桶旁的，捡回家时长得很瘦小，经细心呵护，现在长得很壮实了。门前那棵巴西铁，是两年前在垃圾桶旁捡到的，当时叶子蔫蔫的，如今长得翠绿欲滴，特别有精神。还有挂在白墙上那一排蝴蝶花，是我大哥把它们捡回来，插到白墙的花盆上的。蝴蝶花每年开一次花，长得很像大蝴蝶。等到开花时，满墙蝴蝶飞舞，白墙变得很好看呢。”

梁姨说的蝴蝶花，学名叫鸢尾花。不过，梁姨说他们都喜欢叫蝴蝶花，看到蝴蝶飞舞，心情愉快呢！冬天天气冷，为了让花盆好看些，也为了给小巷添些暖意，她就在蝴蝶花的花盆里插上几朵红红的塑料花。路过的街坊欣喜地说，红红的花朵飞在白墙上，连冬天也变得暖和了几分。

种花种草，体悟人生。顺坚叔说，花如人，也是有感情的，你真心相待，她自然就能焕发亮丽。对于顺坚叔一家来说，每天推开窗子，就能看见满巷绿意、满园花香，这日子过得真是诗意满怀呀。而且花开了，顺坚叔也会拍些照片发到朋友圈，街坊们便闻花讯而来，一巷赏花人，永远其乐融融。

对于很多街坊来说，每天绕道来顺坚花园，静享满眼的绿意，自有一番美美的诗意。后来，很多街坊都把家里废弃的花树，搬到顺坚花园，为打造“绿洲”贡献自己的一份力量。再后来，车陂街道也把这条小巷当成美丽街区的典型来打造，把小巷的路面铺成麻石路，还在边上铺了七彩石。

小巷的路变得更平整、更好看了，小巷的花树也越来越茂密了。随之，也吸引了越来越多的街坊和行人慕名前来小巷寻芳、拍照。小巷渐渐成了车陂街的“网红小巷”，顺坚叔也成了这条小巷的“网红”代言人。

虽然成了“网红”，但顺坚叔一家却依然每天沉浸于打理“废树”“残花”的日常之乐中。用顺坚叔的话来说，那就是“给城中村钢筋混凝土世界，增添一丝生气和绿意，给自己的晚年生活增加一些安慰和满足”！

一花园，一杯茶，心中满开幸福花

把花一天都摆在小巷里，晚上也不收回家，虽然扮亮了街道，但是不担心有人不爱惜、损坏，甚至偷走吗？顺坚叔说，哪能不担心呢，毕竟人的素质高低不一，很难要求每个人都爱护花草。“那也唯有放宽心对待吧”，顺坚叔说，自己尽力把花种好，让整个小巷种满植物，空气好一点，也能让左邻右舍以及过往的行人，添个好心情。这就足够了！

小巷里种植的绿萝特别多。绿萝有极强的空气净化功能，有绿色净化器的美名，并且遇水即活，有顽强的生命力，被称为

“生命之花”。其蔓延翠绿的枝叶，让见者仿佛感受到了生命的舒展。顺坚叔一家对自己种植花草、绿化整条小街的事情，不管别人理解不理解，都一直尽心尽力地做下去，这很像绿萝，心态容易满足，是一种很幸福的生命之花。

顺坚叔一家的暖心举动，一直感动着街坊邻居。街坊们也很喜欢到“顺坚花园”观赏植物，顺便谈天说地。经常地，下午3点半一过，顺坚叔就会把小圆桌、小板凳端到家门前，再沏上一壶茶，和街坊们闲坐一起，喝茶、聊天。满街的绿色，氤氲的花香，混合着酽酽的茶香，以及街坊的絮絮叨叨，真是好一幅缓慢、舒适的市井下午茶美景！

顺坚花园的墙壁上挂有一块白色牌子，牌子上写着一首诗：“天上祥云水中霞，歌声缭绕是我家。日出东山催春早，月落田畴静如画。奔梦路上从容人，心中满开幸福花。”这首诗平白如话，恬静温馨。顺坚叔说，这牌子也是他无意中捡到的。他觉得诗的最后一句“心中满开幸福花”与自己打理的花园很合拍！顺坚花园就是希望街坊们快乐享受绿意，快乐享受如花的幸福。顺坚叔说，他每天看着这块牌子，越看越乐开了花。

生活艺术家汪曾祺先生说：“一定要，爱着点什么。它让我们变得坚韧，宽容，充盈。”我想，这句话用在顺坚叔一家人身上，亦是十分妥帖的。顺坚叔家爱花草，爱得有温度、有质感、有共情。他们一家的爱，让这条绿意盎然、勃勃生机的小巷，一天天更氤氲出了一种让人眷恋的温暖与美好。

惊艳前庭，淡定后院

如果你是一个广州人，肯定会去过好多次陈家祠；如果你还没去过，嘴里也肯定会时不时地唠叨出那么一句：我一定会找时间去一次陈家祠的；而如果你是一个外地人，向广州朋友打听，广州有什么值得去的文化之地，那么一定是这样一个答案：陈家祠。所以，“在广州，没看过陈家祠，等于不了解广州”——这句话成了广州本土人的一个共识；而“去广州，没看过陈家祠，等于未到过广州”——这句话则成了外地人的共同观感。

陈家祠，又称“陈氏书院”，于 1894 年（清光绪二十年）落成，是广东省各地陈氏宗族共同捐资兴建的“合族祠”，为陈氏宗族子弟赴省城备考科举、候任、交纳赋税、诉讼等事务提供临时居所。1959 年，书院被辟为广东民间工艺博物馆，“文革”期间停办。1986 年由国务院确定为全国重点文物保护单位。1994 年再度被更名为广东民间工艺博物馆。1996 年被评为“广州十大旅游美景”之首。2002 年和 2011 年，陈家祠以“古祠流芳”

的雅名，两度入选新世纪“羊城八景”。

陈家祠里的堂、院、廊、厅、门、窗、栏、壁、屋脊、架梁，都生动展示了岭南建筑的“三雕二塑一铸一画”精髓，即木雕、砖雕、石雕，陶塑、灰塑，铜铁铸及彩绘壁画等建筑装饰的高超技艺，被誉为“岭南建筑艺术的明珠”。

陈家祠装饰华丽，被誉为集岭南装饰工艺之大成者。那到底有多华丽呢？我仅举一个例子，你就可以完全明白陈家祠的繁华与惊艳程度：屋顶最长的一条花脊有 27 米长，全脊共塑造了 224 个姿态各异、栩栩如生的人物。

每次到陈家祠，我都喜欢凝视其厚重的大木门。木门上，装饰有雕刻精细的铜质铺首，威猛的狮头口中衔着门环。我每次望着门环，就好像听到了那久远的“咿呀”推门声。待走进陈家祠内，就像面对一个美得太耀眼的美人，根本就不知道眼睛该往哪儿看？漫无目的的，最终，很多人就会走到那一扇扇最容易吸引人眼球的满洲窗前。清新优雅的木通花格上，嵌着套色蚀花玻璃，这就是初现于美国，后经一位清朝外交官传入广州的满洲窗。清末民初时，满洲窗被大范围地使用在西关的许多大屋中，成为名流们的时尚首选。

每次到陈家祠，我最喜欢的就是欣赏这个既有时尚味又有古典味的满洲窗。透过这窗，就好像看到了正在屋里飞针走线，静心从事着刺绣手艺的西关闺秀们。

那么，美艳如斯的陈家祠，到底坐落在哪里呢？它，就坐落在荔湾区古色古香的金花街里。

金花街，一个好听的名字！花嘛，耀眼是肯定的，一如陈家祠。当然，世俗也是花的质地之一种，比如说，小街小巷里的市井风情。

金雁里菜地、荷溪三约、芦荻街……金花街的小街小巷，连名字都是那么的花色撩人！其中，芦荻街离陈家祠最近，看完流光溢彩的“大美女”陈家祠，不妨再去芦荻街寻觅一下“小美女”吧！

初看到芦荻街这个名字，会立刻想起唐代大诗人白居易的诗句“回看深浦停舟处，芦荻花中一点灯”。但，芦苇丛生、停舟泛舟，这些诗意的情境，已是年代很久远的事了。不过，芦荻街的市井，依然有着很诗意的一面。

芦荻街，不宽也不窄；街两边的小商铺，一间连一间，文具店、五金店、咖啡馆、面包店、理发店等生活元素一应俱全，还有新概念的韩式快餐，文艺又赶潮。街两边又延伸出很多曲里拐弯的小小街小小巷。有一条“斗姥前”巷，巷子窄短，街色却挺有趣：每家门前都是档口，卖的东西很杂，姜、葱、蒜、鸡、鸭、鱼、玉米、香蕉、蚊香、洗碗布等；所卖东西摆得很随心所欲，连门前种着植物的各类盆景里，也摆满了袜子、剪刀等各种杂货；甚至，几只光鸡用大托盘盛着，就放在门槛里等待着顾客购买。而屋子里面，四五个人边喝茶边聊天，那种随性的派头，透着老城区里老广州人独有的一种淡定气度。

离芦荻街不远，是西华路，街名似乎不那么撩人，但是景色却撩人又怡人。街两边的小食店，一间挨一间，诸如厚街烧鹅濑粉、东北饺子坊、焦点烘培等，天南地北，应有尽有。到底是有着包容性的广州呀，连西华路这样一条小街上的吃吃喝喝，也这么具有典型的包容的个性与开放的视野。当然，更古雅、更广州的意蕴肯定也不会少，比如，手磨芝麻糊。现在各地的市井上，石磨芝麻糊还很常见，但手磨芝麻糊却是少之又少了。而西华路的司马街口就有一间。几个朝气蓬勃的年轻人，一边挥动着圆木杵，在瓦缸里来来回回磨芝麻，一边拉长着声音，热情地招揽着顾客:“手磨芝麻糊，又香又滑哩！来，尝一尝吧！”他们口中喊得欢快，手中磨得飞快！真心很佩服这几个年轻人，在速食时代，还能从容地坚持着这项传统的手作。

从容的还有西华路街边的大榕树。这些大榕树应该也有不少年头了，一棵挨着一棵，整条街满目葱茏，让被阳光暴晒得满身热辣辣的行人，顿感清凉无比！人走在绿树弄影的西华路，看着掩映在树影下的斑驳骑楼，不管寸寸光阴如何流逝，依然时髦，依然还有着一副同样淡定从容的气度！

像芦荻街、西华路这样随性淡定的大街小巷，不仅金花街，在整个广州城或许都随处可见吧。但像陈家祠这样的艳丽建筑，却是不可多得的。或者，可以打个通俗点的比喻，陈家祠与芦荻街西华路之类的大街小巷，就是金花街乃至广州人心目中的前庭与后院。与前庭匹配的字眼，当然应该惊艳应该华丽，因为前庭是名片，是代表一条街一座城市的符号；而后院，则是生活的枝枝叶叶，是最原始的细节，与它匹配的字眼，应该最能体现生活的本真：淡定、从容。